JN045183

コーネリア・フランツ　作
若松宣子　訳
スカイエマ　絵

Wie ich Einstein des Leben rettete
by Cornelia Franz

アインシュタインをすくえ!

時間と空間をこえた8日間

もくじ

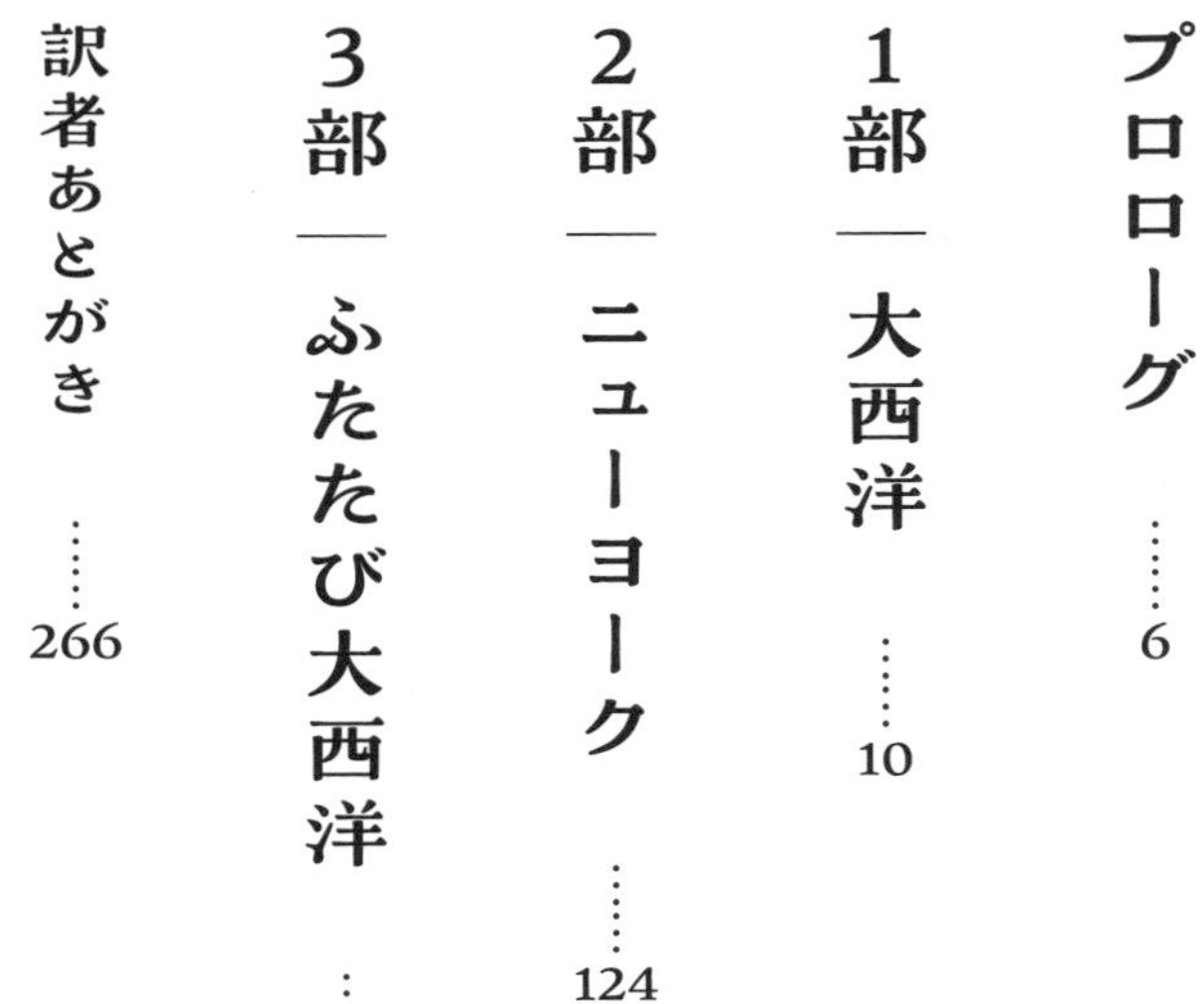

【この本のおもな登場人物】

エミリー ―――――― 2020年2月29日に、12歳の誕生日にのっていたクイーン・メリーⅡ号から、1913年のインペラトール号にタイムスリップしてしまう。

ロレンツォ ―――――― 2016年からタイムスリップしてきた男の子。エミリーより少し年上。

マリク ―――――― ロレンツォと一緒に行動している、2016年からタイムスリップして来た男の子。無邪気な性格。

エルナ ―――――― 市政府大臣の父親をもつ女の子。ニューヨークの祖父の家に向かう船旅の途中で、エミリーたちに出会う。

ヴィリー ―――――― インペラトール号で出会った男の子。家族と一緒にドイツからアメリカに渡る移民で、好奇心いっぱい。

アインシュタイン ―――――― 相対性理論を考えた、ドイツ出身の有名な物理学者。くしゃくしゃの髪の毛をしている。

シューマッハー一家 ―――――― 父親フリードリッヒと母親、五人の兄弟の一家。ヴィリーは兄弟の三番目で、長男はフリッツェ、次男はオットー、四男はグスタフ、五男はエルニ。

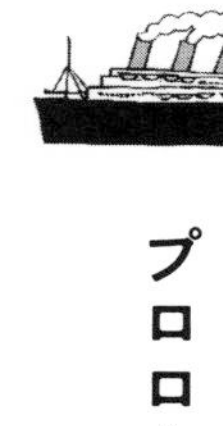

プロローグ

ロレンツォは必死に走っていた。

今度こそ、先頭のグループに入って、渡り板を渡り、助かりたい。でも、マリクを探していたせいで、すっかり遅くなってしまった。船底まであらためて探しにいったのに、全然見つからない。車が並ぶ貨物室にも船室にもいなかった。下りた階段をまた全部のぼらなくちゃいけない。貴重な時間が無駄になった。

今となっては甲板は大勢の人であふれかえっていて、ほとんど前に進めない。

「マリク？　マリク、どこにいるんだ？」

名前を呼びながら、あちこち見まわす。急がないと、時間切れになって船から降りられなくなる。辺りは火事のにおいが立ちこめ、どなり声や助けを求める悲鳴が、船のサイレンの音とともにひびきわたる。もうすぐ火が迫ってきてパニックが起きることを、ロレンツォは知っていた。

客たちがなんとか陸地に下りようとしているのを、船の手すりに押しつけられたまま、ぼうぜんと見つめる。みんな、少しでも早く前に行こうと、バッグやトランクを放りだし、押しあいながら進んでいく。とうとう先頭の人たちがたおれてしまった。

こんな光景は見たくない。

ロレンツォは前に浮かぶマンハッタンのシルエットを見つめた。古めかしい高層ビルの後ろからちょうど太陽がのぼってくるところだった。目の前にニューヨークがあるのに、そこにはたどりつけない。

このとき、だれかにそでを引っぱられた。

「ロレンツォ……」

マリクだった。

やっと会えた！

ほっとしてマリクの肩をつかみ、ゆさぶりながらたずねた。

「いったい、またどこにかくれてたんだよ？」と、ぎゅっと抱きよせる。「さあ、こっちにきて！」

「今度はうまくいくかな？」

「もちろん、うまくいくよ。だけど、ちゃんとそばにいないとだめだぞ」

ロレンツォはマリクの手をとり、いっしょに渡り板に向かいはじめた。

「女性と子どもを先に！」

船員が英語とドイツ語で呼びかけると、何人かがロレンツォたちのために道をあけてくれた。
二、三メートル進み、埠頭に続く渡り板に出た。
あと三、四歩で、陸地だ。ほんの数秒でこのおそろしい体験も終わり……。

後ろから押されてつまずきながら、渡り板を歩いた。マリクの手は一瞬もはなさない。

今度こそ、うまくいくはず！

目の前が真っ暗になって頭がぼんやりしていたが、マリクの手だけはしっかりにぎっていた。

最後に感じたのは、マリクの汗ばんだ手の指だった。そして深く暗い穴に落ちていった。


目を開けるとそこは甲板で、マリクがすぐ横で猫のようにまるまってねていた。いつもの昔のアメコミのTシャツを着ている。ついさっきまでの大騒ぎがうそのように、辺りは不気味なほど静まりかえっている。ただエンジンがガタガタいう音と、波が船首に打ちつける音だけがひびいていた。この広い大海原では、船のまわりを飛びまわるカモメの高い声さえ聞こえない。

ここからは、アメリカの海岸まではまだ三日間かかる。

また同じことの、くりかえしだと、ロレンツォはすぐに気づいた。

甲板に寝ころがったまま、二、三分間、明け方の空をぼんやり見つめる。

もう、だめだ。

空はあざやかな金色で、なんだかからかわれているようだ。立ちあがると、海風でひたいにかかった前髪が後ろにはらわれた。はるかかなたまで陸地がまったく見えない海をながめ、眠っているマリクのところに戻る。

こぶしをにぎりしめた。深呼吸してくちびるをかみ、あふれそうになる涙をこらえる。

また失敗だった。でも、ぜったい、あきらめるもんか。このおそろしい船から降りる方法はきっとあるはず。ぜったい、なにか見つかる。

1部　大西洋

想像力は知識よりも大切だ。
知識には限界があるから。

アルベルト・アインシュタイン

1

二〇二〇年二月二十八日

船がはげしく上下して、まるでジェットコースターにのっているみたいだ。降りる方法はなし。エミリーは胃がムカムカしていた。ホールが周囲でぐるぐるまわり、高い天井のライトがゆれている。丸テーブルの向かいにいる父親の姿も、ぼんやりとしか見えず、なにか話しかけられているようだが、それもほとんど聞こえない。

クイーン・メリー号にのってから五日がたっていた。エミリーが住むドイツのハンブルクにあるコンサートホール、エルプフィルハーモニー・ハンブルクの光りかがやく建物をながめながら、港にとまるたくさんの船のあいだを進み、岸辺に並んで手をふるたくさんの人と、埠頭で奏でられる音楽に包まれて出発した。広い河をくだる旅はとてもすばらしく、気分が悪くなることもまったくなかった。

イギリス南部のサウサンプトンに立ちよって広い大西洋に出たときも、船は少しゆれていたが、なにも問題はなかった。エミリーは元気いっぱいで、夢中になって船を見てまわった。プール、たくさんのごちそう、宇宙の神秘を教えてくれるプラネタリウム。

それなのに、よりによって今日、誕生日の直前に、船酔いになるなんて！

「さあ、十二歳だよ、エミリー！　十二というのは特別な数字なんだ。魔法の数字だよ、わかるかい？　一年には月が十二あるだろう、星座も十二、イエス・キリストには十二人の弟子がいたという。そして神話では……」

「パパ！　ごめん、ちょっと外に出たいの」

そういって、エミリーは立ちあがった。テーブルのふちに手を強くついたせいで、目の前にあった、冷たいストロベリー・シャンパンのボトルがたおれそうになる。シャンパンといっても、もちろんアルコール抜き……この船には、あらゆるものがそろっている。

「すぐに戻るね」

エミリーは、バースデーケーキを持ってテーブルのあいだを慎重に歩いてきたウェイターのわきを走りぬけた。

「だけど、エミリー、あと五分で夜中の〇時だよ！」

父親の呼び声が聞こえる。

お祝いのために着たワンピースをたくしあげ、赤いカーペット敷の幅の広いらせん階段をかけあがっていく。上の階を目指して甲板から甲板へと上がっていき、最上階のバーから外に出た。さわやかな海の空気に包まれる。

大きく深呼吸をして、手すりによりかかって暗い海をながめた。霧雨で体がぬれたが、少しも気にならない。

甲板で、ひとりで立っていると、とても気持ちがいい。

目の前に広がるのは広大な海。どこまでもはてしなく、謎に満ちている。まるで未来のように。

パパがいっていたとおりだ。十二歳って本当にすてき！　誕生日プレゼントにニューヨークへの船旅を用意してくれるなんて、パパは本当にやさしい……パンフレットには、世界最高のクイーン・メリー二号での旅、と書いてあった。いつも仕事ばかりでほとんどいっしょに過ごせないから罪ほろぼしということだけど。でも船にのってから、ママに旅の様子の写真を送るときくらいしか、パパはスマホをさわっていない。

目をとじて頭をそらし、冷たいそよ風を顔に感じた。また目を開けたときには、風で雨雲はすっかり吹きはらわれていた。星のきらめく冬の空が頭の上にはてしなく広がっている。どこを見ても、星、星、星！　天の川も白い帯のようにのびている。こんな空はハンブルクでは見たことがない。

「ああ、空は本当はどこでもこうなのだよ。われわれには、そのすばらしい姿の一部しか見えていないのだ」

おどろいてエミリーは振り返った。毛糸の帽子をかぶってマントを着たおじさんが手すりにもたれていて、にっこりうなずきかけてくる。

わたし、心の中の気持ちをうっかり口にした？　ぼーっとしてたのかな。いまは、いったい何時？

腕時計を見ようかと思ったが、おじさんの目にひかれて、下を向けなくなった。やさしく、ユーモアがあふれるような茶色い目で、そばにいるととても居心地がいい。あわててレストランに戻らなくても平気かもしれない。おじさんはいった。

「子どものころ、星の数を数えようとしたことがあった。だが、いつも途中でこんがらがってしまったよ」

「それ、わかる。わたしもおんなじことしたから！　でも宇宙ははてしないのよね」

するとも見知らぬおじさんは、ひげを指でひねりながらこうこたえた。

「そうだな……この世にはてしないものがふたつある。宇宙と人間のおろかさだ。だが、宇宙についてては本当にはてしがないといえるのか、わからないけどね」

そういって、おじさんはくすくす笑った。

エミリーは眉をひそめておじさんをじっと見つめた。

すごく、変わった人だ。

「さて、時間を無駄にしちゃいけないよ。もうすぐ真夜中だ」

おじさんは古めかしい懐中時計を引っぱりだすと、今度はマントのポケットからなにかをすばやく取り出した。ロケット花火のようだ。

「まったく、わくわくするな！」

そしてまた子どものように笑いだした。

「わたしも」

エミリーは思わず、そういった。おじさんが片手でロケット花火を空に向けてかまえ、もう片方の手で導火線の下でライターをつけたとき、エミリーの頭からつま先までなにかがゾクゾクッと走ったような気がした。

誕生日の花火なんて、すてきだ！

おじさんはカウントダウンを始めた。

「十、九、八……」

そして、うながすようにエミリーをじっと見つめる。

「……七、六、五、四、三、二」エミリーもいっしょに数えた。「一、ゼロ！」

ロケットが空に向かって打ちあがった。赤い光が星のようになり、どんどん小さくなっていく。星は銀色の尾を噴きだしてのぼっていき、それが星々の中にまざってわからなくなるまで、エミリーはじっと見つめていた。

このときとつぜん、目の前がチカチカして、めまいがした。手すりをぎゅっとつかんだ。なにもかもがぐるぐるまわっている。星も、海も、おじさんの賢そうな茶色い目も。

「なに、なんなの、これ」

エミリーはつぶやいた。体が黒い雲の一部になったように、頭の中がふわふわぼんやりする。

そしてそのまま気を失ったのだった。

見つからないクイーンズ・ルーム

なにかこげくさい、炭がくすぶるキャンプファイヤーのようなにおいがする。エミリーの目から涙がこぼれ、手すりにしっかりつかまっている指は、寒さですっかりかじかんでいた。しかし、もうめまいはおさまっている。手すりからはなれると、顔をこすって目を覚まそうとした。

上の甲板に出て、眠ってしまったの？　立ったまま？　ありえない。

星はまだ空にかがやいていて、下では黒い海があいかわらず広がり、波打っている。でも…それでも、どこか様子がちがう。辺りにただよう煙、力強くひびくエンジンの音、足元の甲板にも震動が強く伝わってくる。船のライトも今までとはちがっていた。エミリーは腕を体に巻きつけ、自分を抱きしめるようにした。さっきよりも暖かくなってきたのに体がふるえる。

急いで、パパがいるレストランに戻らなくちゃ。きっと心配している。

ぼんやりした照明の中、ドアに向かって甲板を歩いていく。バーを通って階段を走って下りよう。

ところが、少し歩いただけで、進めなくなってしまった。

船の様子がさっきまでと、まったくちがう。バーの入り口が見つからない。ガラスのドアの代わりに壁があるだけだ。木製の救命ボートがかかっているが、こんなものはさっきはなかった。でもいちばん不思議なのは、大きな黄色い煙突から煙がもくもく船尾に向かって流れていることだった。

こんな煙突があったっけ。ぜんぜん気づかなかった……。

「いったい、どういうこと？」

エミリーはつぶやいた。困ってしまい、海風に吹かれる中、目を大きく見開いて辺りを見まわす。きょろきょろしながら歩いていくと、ドアがあった。ドアの向こうは飾りなど少しもない質素な階段室になっている。豪華なクイーン・メリー号の造りにはとても不釣り合いだった。

手すりのところで寝ちゃって、夢遊病みたいに歩いて、船の別の場所に入りこんでしまったの？　小さいころ、ときどき眠りながら歩きまわって、ママに起こされたこともあったっけ。

若い男の人がこちらに近づいてきた。着ている服はまったくサイズが合っていない。そでは短すぎで、ズボンのひざはふくらんでいて、サスペンダーにハンチング帽をかぶっている。お兄さんはエミリーの服がびっしょりぬれているのを見て、同情したようにいった。

「あれ、おじょうちゃん、迷子になったのかい。三等の子じゃないよね？」

エミリーは目を丸くした。

三等って、なんのこと？　夏休みが終わったら、七年生[*]になるのに！　それにどうして、このお兄さん、こんなに古くさい服を着ているの。

エミリーはあっけにとられていたが、すぐににっこり笑顔になった。なにしろ本当に迷子になっていたし、このお兄さんが助けてくれるかもしれない。

「いま、クイーンズ・ルームを探してるところなの。パパがそこで待ってるから」

お兄さんは、わけがわからないというように肩をすくめて、エミリーを頭からつま先までじろじろながめた。

「クイーンズ・ルームだって？　聞いたこともないな。クイーン、女王だって、王族なんて、ごめんだね。まあ、二等室にいきたいなら、もう少し船首のほうにいくんだね。でなきゃ、豪華客室なのかい？　だったら、もっと先にいった船の真ん中だよ」

ようやくエミリーは話がのみこめた。どうやら特別広いスイートルームに泊まっていると思われたみたいだ。

ちがう。パパも、そんなぜいたくはしていない。

「一一〇一七号室の客室なの。デッキ十一の」

エミリーがいうと、お兄さんは首を横にふった。

＊　日本の中学一年生にあたる。

「おれは三等船室のことしかわからない。うまく見つかるといいね」

お兄さんはそういうと、エミリーのわきを通って階段を上がっていってしまった。

本当にいわれたとおり、うまくいくように運にまかせるしかなさそうだ。これまで、こんなに困ったことはない。階段をのぼったりくだったりしてあちこちまわるが、魔法にかかったかのように、父親がいる、きれいで暖かいクイーンズ・ルームに戻れる気配がなにもない。

スマホを部屋に置き忘れてこなければ、電話できたのに。

ようやく広い廊下に出て、制服を着た乗客係に出会えた。さっきのお兄さんと同じように、エミリーのことをじろじろ見ている。でも、今回は残念ながら、あまり親切そうな目つきではなかった。乗客係のおじさんは前に立ちふさがり、しかりつけるような声でいった。

「どうして夜中にこんなところを走りまわっているんだ？　さっさと寝室に戻りなさい。またここでうろついているのを見かけたら、お仕置きしてやるぞ！」

エミリーは目に涙を浮かべ、下くちびるをかんだ。くたくたでつかれきっていた。びしょぬれの服は体にはりつき、早くベッドに入りたくてたまらない。

しかし乗客係は少しも同情するそぶりを見せず、ぶっきらぼうにこういった。

「ここからは二等船室にしかいけない。わかっているだろうが、こっちに用事はないはずだ」

エミリーは腕をつかまれ、廊下の奥に引きずられていき、手前の客室のところでこうたずねられた。

「ここに泊まっているのか？」

うなずくと、やっと腕をはなしてもらえた。

そして乗客係がドアを開けたかと思うと、すぐに中に押しこまれた。

暗くてよく見えない。でも、人がずいぶん眠っているみたい。においもこもっている。

二段ベッドがふたつあるのが見えた……すると上の段から女の子が顔を出し、ささやくような声でいった。

「ここでなにしてるの？」

「迷子になっちゃったの」

エミリーも小声でこたえ、がまんしきれず泣きだしてしまった。

あっというまに女の子がベッドから下りてきた。ドアの下からもれてくるかすかな光で、この子が八歳くらいで、パジャマを着ていて、長い髪を三つ編みのおさげにしているのがわかった。女の子はささやき声で聞いてきた。

「船室はどこなの？」

「船の前のほうのどこか。どうやって戻ったらいいか、わからなくなっちゃったの」

すると、女の子は物知り顔でうなずいた。

「それじゃあ、四等船室ね。中甲板よ。ここからじゃ、いけないの。でも、あたし、道を知ってるから、大丈夫」

女の子がそっとドアを開けてくれて、ふたりでいっしょに廊下をのぞいた。ちょうど乗客係はこちらに背中を向けている。

「さあ、急いで」

エミリーは女の子に手をとられて、乗客係とは反対の方向に引っぱられていった。急ぎ足で階段を少し下りると、金属のドアがあった。

「ほら、このドアの向こうに廊下があって、エンジン室にいけるの。そこを通っていけば、ボイラー室を抜けられるからね。あとは廊下を歩いて四等船室にいく階段にいくだけよ」

女の子は胸をはった。

「どうしてそんなにくわしいの？」

エミリーがたずねると、女の子の顔つきが少し暗くなった。

「お兄ちゃんとあちこち、見てまわってたの。ほら、タイタニック号のことがあったでしょう。だから、もし事故があっても、とじこめられたくなかったんだ……タイタニック号では、お金持ちの人しか助からなかったから」女の子は言葉につまり、下のくちびるをふるわせて、つぶやいた。「ものすごく、こわかったにちがいないわ。いとこのゲルトルートも、そのときおぼれちゃったの。だから、船旅は、ものすごく心配だったんだ」

エミリーはびっくりして、女の子をじっと見つめた。

タイタニック号？　それって百年以上前の話だよね。この子、いとこっていうけど、ずっと昔の親戚の話をしてるの？

考えていると、女の子はまた船の説明を続けてくれた。

「本当は、ここは船員さんだけが通る廊下なのよ。壁の修理のときとかに使うんだって。でもハインツィとあたしは、何度も豪華客室にも、もぐりこんだんだ。みんな、すごく気取ってて……ハインツィはそこの立派な部屋のこと、皇帝のお城みたいだっていってた」

「へえ、そうなんだ」

エミリーがとまどいながら返事をすると、女の子はドアをおさえてくれて、そっとささやいた。

「ボイラー室に入ったら、だれにも捕まらないように気をつけてね」そして、おばけでも見たかのようにぶるぶるっと体をふるわせた。「じゃあね、あたし、またベッドに戻らなくちゃ」

そういうと、女の子ははだしのままかけていき、廊下のはしで、くるりと振り返っていった。

「そこ、ものすごーく、こわいところなんだから！」

「そうなの……とにかくありがとう！」

エミリーは大きな声でこたえると、せまい廊下にすべりこんだ。明かりは非常用のうす暗いライトだけだ。ドキドキしながら進んでいく。

ゾッとする……ここと外の海とは金属の壁でへだてられているだけ。船の底は本当にふるえてしまうようなところだった。おまけに船のモーター音がものすごく大きくひびいている。タービン室に近づくほど、音が強くなる。ビクビクしながらようやくドアを開けると、そこに巨大なタービンがあった。

だれもいないといいんだけど。

辺りを見まわす勇気もなく、うつむいたまま次の部屋に向かう。だれもいないと思いこんで集中して走ると、本当にだれにも見つからないものだ。これはかくれんぼをして遊んでいるときに身につけた技だった。そして実際にだれにも見つかることなく、二つのタービン室を通りぬけられた。

こうしてひとつめのボイラー室に入った。力を入れてドアを開け……ギョッとした。

ここ、なんなの！

耳をつんざくような音、おまけに熱くて息もできない。何度もまばたきをしながら、うす暗い地獄のような場所をのぞきこむ。そこには、高さが五メートルはありそうな巨大な鋼鉄のボイラーがあった。石炭が砕けた塵がもうもうと広がるせいでまわりがよく見えず、少ししてよ

うやく熱いボイラーのところで働いている人たちがいるのに気づいた。長いシャベルや棒で石炭を燃えさかる穴に放りこんでいる。

　エミリーは耳をふさいだ。しかしシャベルが鋼鉄を引っかく音や火がはぜる音、ボイラーのとどろく音はますます強くなった。どこかでバルブがシュッと音を立て、ベルが甲高く鳴りひびき、エミリーは思わずぎくりとした。

　だめ、ぜったい、ムリ！　こんなところは通りぬけられない。でも後戻りもできない。

　中に入ると、後ろ手でドアを閉め、一歩ずつさぐるように歩きはじめた。熱いし、うるさいし、危険な場所……でもここはスリルたっぷりの場所でもあった。

　いきなりだれかに腕をつかまれ、エミリーはくるりと振り返った。そこには煤まみれの巨人のようなおじさんが立っていた。真っ黒な顔で、目だけがやけに白く光っている。

「命が惜しくないのか？　いったい、ここでなにをしている」

　大声でどなりつけられたかと思うと、そのままもう片方の腕もつかまれて、ひょいと宙に持ちあげられた。びっくりして足をばたつかせると、ボイラーマンもおどろいて、思わず手をはなした。エミリーはウサギのように走り出し、忙しく働くおじさんたちの中にまぎれこむと、ボイラーのわきを通りすぎて、部屋のはしまでたどりついた。

　そこにはまたドアがあり、開けると同じような部屋に出た。また燃えさかる地獄のような場所を立ち止まることなく走りぬける。ボイラーのところで働く人たちは、だれも追いかけてこなかった。忙しくてそれどころではなかったのだ。きつい仕事でつかれきっていたのかもしれなかった。

とうとう最後のドアにたどりつき、そこを抜けてドアを閉めると、ようやく船首に続く救いの通路に出た。エミリーは心臓がドキドキしてせきこんだ。息をきらしながら階段の吹き抜けに出ると、ひたいの汗をぬぐい、自分の服をながめてみた。ボイラー室の熱ですっかり乾いていたが、ひどい汚れだ。

クイーン・メリー号みたいな豪華客船で、こんなにきつい仕事をする、ゾッとするような場所があるの？　うそみたい。

そろそろ船室が見つかるといいんだけど。パパがもしまだクイーンズ・ルームで待っていたら、スマホで呼べばいい。パパは、わたしが船から落ちちゃったと思ってるかも。今日のことをママに話したら、もうぜったい、パパとふたりで旅行しちゃだめっていわれるだろうな。

ふたりの男の子

どのドアを開けても、どの甲板に出ても、見覚えのないところばかりだ。部屋はどこも二段ベッドがずらりと並ぶだけで、それぞれだいたい二十人くらいの人が眠っている。空気はこもっていて、いびきがひびいている。

いったいどうして、パパといっしょに泊まっているきれいなツインベッドのある部屋にもどれないの？

長い木のテーブルが並んだ食堂に出ると、エミリーはどうしたらいいかわからなくなってベンチにすわりこみ、テーブルで腕をくんで、つっぷしてしまった。

このへんな船、どうなってるの！　こんなゾッとする十二歳の誕生日になるなんて！

くたくたになったエミリーはそのまま眠りこんでしまった。

しばらくして、ふと気づくと、だれかに体をつつかれている。顔を上げると、間近に男の子がいて、じろじろ見ている。髪は茶色い巻き毛で、やさしそうな顔つき。エミリーより少し年上のようだ。

「ねえ、こわがらなくて平気だよ」

と、男の子がいった。

「こわくなんかないけど」

エミリーは返事をして、体を起こしてすわりなおした。

「きっといま、頭の中がぐちゃぐちゃだろ。自分がどこにいるか、ぜんぜんわからなくて。だよね?」

そういわれてエミリーはうなずいた。すると男の子はベンチに腰をかけて、また話しはじめた。

「ここがどこだか、説明しようか。でもきっと信じてもらえないだろうな」

「どうして?」

「だって、とても信じられない話だからだよ。本当にわけがわからないんだ。だって、きみは……」男の子はそういいながら、髪をかきあげた。「えっと、おれと、きみと、それからマリクも……」男の子はまたそこで話すのをやめて、だれか探すように辺りをみまわした。

このとき、食堂の暗がりからもうひとり男の子がやってきた。明らかにずっと年下で、七歳か八歳くらいだ。バツが悪いようににやにやしながら、大きな黒い目でさぐるようにこちらを見つめる。年上の男の子のほうは、なんだか同情するような顔になっていた。

エミリーは急に背筋(せすじ)をまっすぐ、のばした。

このふたりは、わたしが知らないことを知っているんだ。

「ここはいったい、どうなってるの？　このへんな船、なんなの？　これって、どこかにカメラがかくされている、テレビのドッキリ企画(きかく)とかなの？」

エミリーはそういうとほっとして、ため息をついた。

そう、そうに決まってる！

ところが巻き毛(まげ)の男の子は首を横にふった。

「おれも、そうだったらいいと思ってるんだけどさ。そうだ、おれはロレンツォっていうんだ。こっちはマリク」

「わたし、エミリー。それで、そろそろこんなくだらない遊びは終わりにして、いいよね。自分の船室にとにかく帰りたいの。でなかったら、クイーンズ・ルームでもいいんだけど。パパに会いたい。わたし、今日、誕生日(たんじょうび)なの！」

そう話す声は、すっかり大きくなっていた。

「そうなんだ、エミリー……おめでとう……だけど……」

ロレンツォは落ちつかないように、テーブルをあちこち指でたたく。

そばに立ってたマリクが、じっとしていられなくなったように口をはさんだ。

「だけどね、エミリーの船室はもうなくなっちゃったんだよ。ぼくのもね。それにロレンツォのだって。それからエミリーのパパだっていないんだ！　ここはぜんぜんちがう世界なんだよ。この船はインペラトール号。それでここは四等船室で、きれいなツインベッドルームなんて、ここにはないんだよ！」

マリクはどんどん興奮して早口でまくしたてた。エミリーにはなんの話だか理解できなかった。

「おまけにいまは、一九一三年なんだよ！　これで話は全部だよ！」

マリクはきかん気そうにいうと、ベンチにすわりこんだ。ロレンツォはマリクを引きよせてひざにのせると、短い黒い髪をなでてやった。

「さあ、落ち着いて、マリク。そんなことをいっても、こわがらせるだけだよ」

エミリーは、つばをごくんとのんだ。

「なんのことだか、ぜんぜんわからない」

「だよね。おれたちもそうだった。マリクとはじめて会ったとき、こいつは何時間も泣いていたんだよ」

と、ロレンツォ。

「そんなの、うそだい！　ぼく、ここにこられたの、かっこいいと思ってるんだからね」

文句をいいながらロレンツォのひざから下りると、マリクは口をとがらせた。

ロレンツォはにっこりしたが、少し無理に笑顔をつくっているようだった。

「おれたち、一九一三年にいるんだよ。信じても信じなくてもね」

「そうだよ」

マリクの口ぶりは自慢しているようだった。

エミリーはふたりの男の子をかわるがわる何度も見つめて、考えていた。

ふたりとも、完全に頭がどうかしちゃってる。

とつぜん、足音が聞こえてきた。どんどん近づいている。

「急いで！」

ロレンツォはとびあがり、エミリーの手をとった。マリクはすでに走り出していて、数秒後には三人は食堂の隅のせまい物置にもぐりこんで、体を寄せあっていた。するとロレンツォがエミリーの耳にささやいた。

「いまのは船員だよ。すぐにまた戻ってくる。なにか問題がないか歩いて確認しているだけなんだ。最初のときはつかまって、航海のあいだじゅう、ずっと病室にとじこめられちゃったよ。心が正常じゃないっていわれてね。お医者さんに、ゾッとするような注射もうたれたんだ」

三人は足音にじっと耳をすましていたが、船員はいま部屋を通って出ていったようだった。

BOSS

食堂に静けさが戻った。船員の見回りの時間は終わりだ。三人がまた物置から抜けだしたときには、人影もなく、足音もまったく聞こえなくなっていた。エミリーの頭の中は、ぐちゃぐちゃだった。

わたし、本当に知らない男の子たちと物置にかくれてたの？　年上の子と年下の子、いまは一九一三年だ、なんていうふたりといっしょに？

「いったい、なにもかも、どういうことなの？」

わけがわからず、エミリーはまたテーブルに腰かけようとした。しかし、ふたりの男の子たちに手を引っぱられた。

「貨物室にいこう。あそこがいちばん安全だ。これまでの体験で、船の中は隅から隅まで知りつくしてるんだよ」

ロレンツォはそれ以上、説明しなかった。三人は階段を下り、船底に向かって走っていった。

エミリーは文句もいわず、ついていった。つかれととまどいで、一言もいえなかったのだ。汚れきった誕生日のワンピースのすそをたくしあげ、ふたりを追いかける。頭がぼんやりしてなにも考えられない。

だけど、きっと、ここでどうしてこんな奇妙なことが起きているのか、理由くらいは話してもらえるよね。どんなことだって理由は説明できるはず、それともちがうの？

4

一九一三年八月二十六日

一時間後、エミリーは黒塗りの車の革張りの座席で、落ちつかず寝返りをうっていた。とても古いタイプの車で、父親が見たら夢中になっただろう。

ロレンツォとマリクがここにつれてきてくれたのだが、エミリーは車に感激してじっくり見たりはしなかった。とにかく眠りたい。

明日の朝、目を覚ましたらそこは自分の船室に決まってる。そうしたらパパに、このへんな夢の話をするんだ。

車の並ぶ貨物室にくると、ふたりの男の子たちはいちばん大きい車に向かって走っていった。ふたりは古いメルセデスのクッションのきいた前の座席にすわった。そしてロレンツォがこれまでのことを説明してくれた。正しくいえば、なんとか説明してくれようとしたのだが、あまりうまくいったとはいえなかった。いったいどう話せば、たった一瞬で百年以上も前の世界にタイムスリップしたなんていう話を信じられるだろうか？　ここはまだクイーン・メリー二号が存在もしていない一九一三年の世界で、まったくちがう客船にのっているのだ。クイーン・

メリー二号と同じようにニューヨークに向かっているが、インペラトール号という名の、ちがう船に……。

ちがう、ちがう。そんなばかげた話、ありっこない！

「ふたりともどうかしてるんじゃない？　もうそんな話はやめてよ」

エミリーは軽口をたたくようにいったが、同時にパニックになっていた。

ロレンツォとマリクは、エミリーがぶつぶついうのをがまんづよく聞いていた。でもいつしか涙もかれてふるえるだけになった。そしてロレンツォが毛布を渡すとお礼をいってくるまり、寝てしまった。

目を覚ますと数秒かかってやっと、ここがどこだかわかった。目を大きく見開き、周囲を見まわす。ようやく気持ちに余裕ができて、左右にきれいな昔の車が並んでいるのが見えた。

もしかして、映画の撮影現場に入りこんじゃったのかな……。

続けて後ろの座席のほうを向いてみた。小さいマリクが、クッションの上で丸くなるように眠っている。ロレンツォのほうは、ちょうど水差しと半分に切ったパンを持って、車に向かって貨物室を歩いてくるところだった。となりの運転席にのりこんできて、にっこりほほえんだ。

ふたりでパンを分けあい、ささやき声で話した。

「エミリー、おれもどうしてこんなことになってるのか、ほとんどわからないんだ」ロレンツォのこのセリフもすでに三回目だろうか。「だけど、こうなっちゃってるんだ！　おれたちはいま蒸気船にのっている。エミリーも、ボイラー室に入って、ボイラーマンたちを見ただろう。あんなところで働いているなんて気の毒だよね。クイーン・メリー号にあんな場所があると思う？　クイーン・メリー号にはディーゼルエンジンとガスタービンがあるから、あんな古めかしい石炭ボイラーなんて、あるわけないんだよ」

「どうなのかな」

　エミリーはつぶやいた。父親がクルージング船の技術を説明してくれようとしたことがあったが、そのときはまったく話を聞いていなかった。でも昨日見たボイラーが大昔のもののようだということは、なんとなく気づいていた。そして実際に……昨日から目にするものは、どれも古めかしいものばかり。ただし、ロレンツォはバギーパンツとスニーカーをはいているし、マリクが着ているのはアメコミのＴシャツ。ふたりの姿だけは見慣れたものだ。

「これから、いろいろ用意しなくちゃいけないんだ。でないと、目立っちゃうからね」ロレンツォはエミリーの頭の中を読んだかのようにいうと、エミリーのワンピースをじろじろながめてつけくわえた。「その服、そんなに汚れてなかったら、そのまま豪華客室の子どもとして歩けそうだけどね。編み上げのひものブーツも悪くない。だけど腕時計はだめだ！　それはムリ。一九一三年の子どもは腕時計なんて持ってないからね。はずしておいたほうがいいよ」

エミリーはぽかんと口を開けて、話を聞いていた。

どうしてこんなに自信たっぷりなの？　まるで、ここの出来事が、あたりまえのことみたい……いま起きていることが現実の出来事だとしたら、だけど。

エミリーはだまったまま首を横にふった。

ううん、タイムスリップなんて、どうしても信じられない。

すると、ロレンツォにひじをつつかれた

「よかったら、いっしょにおいでよ。ちょっと新しい服を手に入れたいんだ。新しいっていうのは、つまり古いってことだけどね」

こういうとロレンツォはにやりとして、また話を続けた。

「マリクはいつまでも寝てるから。目を覚ます前に戻ってこられるよ。どうする？」

「わかった」

エミリーはうなずき、少しためらったが、時計をはずしてワンピースのポケットにしまった。

ロレンツォのほうはスニーカーをぬぎ、ズボンからTシャツを引っぱりだして、いった。

「ここの四等船室では、はだしで歩いている人もいるんだよ」

「冬なのに？　みんな、貧しいのね」

エミリーはそういったが、

「たぶん、勘違いでなければ、いまは八月の二十六日だ」

と、いわれて、また信じられないとおどろいて目を見開いた。甲板で目を覚ましたとき、暖かかった理由がわかった気がした。エミリーは大きく深呼吸した。

とんでもなくありえない話だけど、もしかしたらロレンツォの話は本当なのかもしれない。

まもなくふたりは別の貨物室を通りぬけ、階段室に入り、船室が並ぶ通路に向かった。まだ朝も早くて人の気配はない。ロレンツォはいった。

「ここはまだ貧しい人たちがいる部屋だ。だけど一階上がると、たった一枚の仕切りを越えるだけで豪華客室なんだ。いいかい、そこは広さが四等船室の三倍あるんだよ。お客の数は半分なのにね」

「どうしてそんなにくわしいの？　だってロレンツォだって、わたしと同じ世界の人なんでしょう……」

ロレンツォは返事をする代わりに、くちびるに指をあてた。そしてエミリーの手をとってせまい階段を上がりながら、こうささやいた。

「さあ、ここからは気をつけて。ここに豪華客室の郵便局のドアがある。中で働いている人が、ときどき鍵をかけ忘れるんだよ」

「郵便局でなにをするの？」

エミリーがつぶやく。

「すぐにわかるよ」

運よく、ドアの鍵はまた開いていて、ふたりはよく磨かれた黒っぽい木製の、小さなカウンターの奥に入った。エミリーはきょろきょろまわりを見まわした。ここも古い映画の中みたいだ。

ロレンツォはきびしい顔つきをした制服の男の人の写真を指さした。

「皇帝だよ」

続いて今度は洗濯室のような部屋に引っぱっていかれた。空気はしめっていて、洗い立ての洗濯物のにおいがする。どの機械も古めかしくて、エミリーはあっけにとられた。となりの小部屋には棚があり、たくさんの服に番号札がついていて、きれいに積み重ねられている。

「あれはあとで、それぞれ船室に分けられるんだよ」

ロレンツォはそういいながら、服の山から白いシャツと長ズボンをそっと引きだした。そしてまた、別の山からはシャツと短いズボンを取り出す。こちらは最初にとった服よりも小さい。きっとマリクのためのものだろう。

「洗濯係のおばさんが怒られないといいんだけどな。でも、ほら、ひとつの船室で、たくさんの服が洗濯されるだろう。だから、きっと少しくらいなくなっても、気づかないいんじゃないかな。ほら、エミリーもどれか選べば？」

そして軽くつつかれたが、エミリーは首を横にふり、洗い桶のところにいって、ぞうきんを一枚とると、ワンピースについたひどい汚れをぬぐうだけにした。振り返ったときには、ロレンツォはすでにシャツとズボンを着替えていた。さっきより少しだけ上品に見える。ロレンツォは急いで自分が着ていた服をごみバケツに入れると、いった。

「さあ、ここの人たちが動き出す前に、戻ろう」

こうしてきた道をたどり、貨物室に戻った。

そのときちょうどマリクが目を覚ました。マリクはしあわせそうにパンの残りをほおばり、新しい服を試している。

「最初に着たときは、すごくマヌケな感じだと思ったんだけど、でも本当はすごくかっこいいよね？」

マリクがそういったとき、エミリーはわけがわからなくなって急に文句をいいはじめた。

「最初ってどういうこと？　昨日、ロレンツォもいってたよね。いったい、どういう意味なの？」

するとマリクはくすくす笑って、

「ロレンツォが説明してくれるよ」と、ロレンツォのほうを向くと、わきを軽くつついていった。「エミリーはもうここがクイーン・メリー号ではなくて、過去にタイムスリップしたっていうことを信じてるみたいだね」

「自分で聞いてみなよ」

と、ロレンツォがこたえる。

ふたりは期待のこもった目つきで、エミリーを見つめた。でもエミリーは困って、肩をすくめただけだった。

おかしなことばかりで、ぜんぜん信じられない。

ただ、船旅のはじまりに当然あったようなものがいまはなくなっている、ということは、疑いようがなかった。

5

くりかえされる三日間

ロレンツォは、初めて会った女の子に自分がこわがっているところを見せないように必死にがんばっていた。

自分はいちばん年上だ。だから、自分が勇気を忘れないでがんばれば、みんなもなんとか負けないでやっていけるはず。

どちらにしてもマリクには、この信じられないような出来事を忘れられる特別な才能があった。コルクみたいに、水に落ちても何度でも水面に浮かびあがる。でもエミリーにとっては、すべてが新しく、おそろしいことばかりだ。エミリーがくじけないでいられるかどうか、わからない。

落ちついているふりをしていたものの、ロレンツォもはじめは、自分たちのように別の時代からタイムスリップしてやってきて、とまどう子どもがあらたに現れて、おどろいた。人数が多くなると、見つかりやすくなる。エミリーが、父親がいるクイーン・メリー号に戻りたいと騒ぎはじめたら、大変なことになる。

自分たちが未来からきたと正直に話しても、この船にのる人たちに信じてもらえるわけがない。だから捕まるわけにはいかない。病室にとじこめられたり、鎮静剤を飲まされたりしたら、逃げだすためのわずかなチャンスさえなくなってしまう。インペラトール号がアメリカ東部のホーボーケンに到着するまで、あと二日しかない。火事が発生するまで、あと二日だ。悪循環を断つ方法を見つけだすのにあと四十八時間もないということだ。まぶたに親指のつけ根をぐっと押しあて、頭に浮かぶ光景をどうにか追いはらう。

「それで？　ぼくたちの話、信じる？　信じない？」

マリクがエミリーにたずねる声が聞こえた。

ロレンツォは思わず息をとめて、エミリーの返事を待った。

現実を受けいれたくないといって、ばかげたことをしたりしたら、なにもかも台無しだ。

「さあ、どうする。おれたちの話、信じる？」

ロレンツォも、マリクがした質問をくりかえした。

エミリーはロレンツォ、マリクを見つめて、またロレンツォに目を戻した。さまざまな思いがエミリーの目に浮かぶ。とまどい、なにもできないことに対する怒り。すべてロレンツォも感じたことだ。

「わからない」

と、エミリーはこたえた。

今度はロレンツォがのんびり話しはじめた。最初にタイムスリップしたときに、ひどくこわい思いをしたのを認めたくなかったのだ。

「真夜中に気持ちが悪くなって、目が覚めたんだ。それでトイレにいこうとしたとき、ものすごいめまいがした。そしていきなり、まわりの景色が全部、変わったんだ。本当になにもかも。のっていた船が消えて、代わりにこの蒸気船にのっていた。頭がへんになったのかと思ったよ。じゃなかったら、コックが夕食に薬をばらまいちゃったのかな、とかね。一九一三年だって！　ものすごい冒険だよ！　こんなすごいこと、体験してみたかったんだよ」

ロレンツォははじめは笑っていたが、だんだんまじめな顔になり、とうとう絶望しているのをかくせなくなった。

「あと二日でまた最初からくりかえされる。何度も同じ日。またこのインペラトール号にのっているんだ。何回も、何回も！　また元の服を着て、甲板にたおれているんだ。この無声映画に出てくるみたいな船にね。自分が大ばかで、だれかにからかわれているみたいだ。まるで囚人だよ！」

ロレンツォの声はだんだん大きくなり、最後にはこぶしをにぎりしめていた。

「ねえ、ロレンツォ……元気出して」

マリクに腕（うで）をさすられて、ロレンツォはうなだれた。

「ここからどうやって抜（ぬ）けだしたらいいか、ぜんぜんわからない。とにかくわからないんだ」

　急に声がささやくようになり、話がとぎれた。再び顔を上げると、エミリーの目つきがさっきとはちがうのがわかった。エミリーの考えが目に見えるようだ。きっと、年上で自信たっぷりの男子が涙（なみだ）がこぼれそうなのをがまんしていると思われているんだ……。

　しかし、エミリーのほうは、ロレンツォも不安だということがわかり、ようやく納得（なっとく）できたのだった。ロレンツォが落ちついているときは、これは本当の話なのかと、疑（うたが）う気持ちのほうが大きかった。でも今はようやく本

当の出来事だとわかったのだった。なにもいえないまま、エミリーはじっとロレンツォを見つめた。

マリクは、ロレンツォをなぐさめようとしていった。

「いまは、三人になったんだもん。今度はきっとうまくいくよ」

「今度はって、本当に何回も同じ体験をくりかえしているの？　いまは何回目？」

エミリーはぼう然としてマリクにたずねた。するとマリクは肩(かた)をすくめ、暗い目つきになってこたえた。

「わからなくなっちゃった。すっかり頭がぐちゃぐちゃなんだ。やっとアメリカについた、と思うたびに、気がついたらまたこのおんぼろ船にのってるんだもん！　もう家に帰りたいよ」

マリクの目にも涙(なみだ)があふれてきた。

6 エルナとの出会い

三人が話していると、声が聞こえてきた。どんどん近づいてくるので、車を降りて逃げだすひまはなさそうだった。

「下にかくれよう」

ロレンツォがささやいて、後部座席から足元の空間に下りた。マリクも続いたが、エミリーのほうは、毛布の下にもぐりこむのがやっとだった。

「ホルブルック・ランドレー・メルセデスです。じつに優れた四気筒ですよ。ダイムラー社の最高品でしょうね。少しばかり大金をはたいたんですよ」

車の持ち主が、どうやらすぐそばで立ち止まったようだった。

車の中はのぞかないで！

エミリーは思わず目をつぶった。

「じつに頑丈そうですね」

もうひとりの男の人がこたえた。最初の人よりも明らかに年配のようだ。続いて、ボンネットをたたく音がひびいた。

「いやいや、それじゃあないですよ。奥（おく）の車です。妻が赤がいいとこだわったもので」

と、最初の人がいった。

「奥様（おくさま）は、とてもいいご趣味（しゅみ）していらっしゃいますね」

女の人の少し気取った笑い声がする。

「まあ、どうも。総支配人」

そばにいた人たちが遠ざかり、声も小さくなった。

「総支配人、エンジンの勉強はしないといけませんよ」

さっきの若（わか）いほうのおじさんの声がそういった。

続いて、不機嫌（ふきげん）そうな女の子の声が聞こえ、女の人にシッと、たしなめられた。

「静かにしなさい、エルナ。お父さまのじゃまをしちゃだめよ。お父さまが総支配人さんに機械の話をするときは、ちゃんと聞いていないと。自動車は、すばらしいものなのだから」

「でも、知ってる話ばっかりなんだもん。あたし、それよりも……」

きかん気そうな女の子の声がいった。

「さあ、静かにして、エルナ」

また声が聞こえたが、なにを話しているのかはわからない。興味がわいたエミリーは思いきって毛布から顔を出し、開いた窓からのぞいてみた。貨物室の向こう側に、赤くかがやくようなヴィンテージカーがあり、何人か立っている。男の人がふたり、ボンネットを開けてかがみこんでいて、そこから半メートルほど離れたところで上品な服装の女の人が女の子と手をつないでいた。この子はひざ丈の青いセーラー服に編み上げのブーツをはき、赤っぽいブロンドの髪の毛をツインテールにしてリボンをつけていて、足を高く上げたり下げたりしていた。

ロレンツォがエミリーの腕をつついた。

「頭を下げて！」

「でも、あの人たち、親切そう。もしかしたら、助けてくれるかも」

「無理だよ、助けてなんてくれないよ。頭がどうかしてると思われるだけさ。きっと、どこかにとじこめられるよ。気をつけて、エミリー」

ロレンツォの声が苦々しくひびく。

しかし、この忠告は間に合わなかった。エミリーが首を下げる前に、女の子がこちらを向いて、目があってしまったのだ。いまさら隠れても仕方ない。女の子は目を明るくかがやかせ、何度もまばたきしている。

見つかっちゃった。

女の子は母親の手をふりほどいたが、その場所から動かなかった。エミリーはくちびるに指をあてた。

お願い、わたしたちのこと、話さないで。ロレンツォのいうとおりだ。まともな人間は、二〇二〇年の世界に戻りたいから手伝って、なんていったりしない。

「ママー」女の子はフランス語のように後ろのマに力を入れていった。「ママー、ちょっと、あのきれいな車を見てきてもいい？」

母親がうなずくと、女の子はエミリーたちがかくれている車にまっすぐ向かってきた。赤いまつ毛と眉毛、そばかすだらけの青白い顔が窓からのぞきこんでくる。

「わたしたちのこと、だまってて」

エミリーは小声でいった。

「ぼくたち、なんにも悪いことなんかしてないよ」

マリクも足元の空間からささやき声でいう。

女の子は、エミリーのほかに男子がふたりいるのにも気づくと、目を大きく見開いた。そしてしばらく、なにもいわずに、ただ下くちびるをかみ、顔をしかめているだけだったが、やっとこういった。

「かくれんぼしてるの？　あたしもまぜてくれる？」

どうこたえたらいいの？

エミリーは悩んでしまった。ごまかせるような、うまい話など、なにも思いつかない。そこでささやき声でこういった。

「ちがうの。かくれんぼしているわけじゃないの。わたしたち、見つかると困るから、ここでかくれているの」

また数秒が過ぎた。女の子はとまどい、考えているようだった。そしてわけ知り顔でうなずくと、いった。

「三人とも、四等船室の子なんでしょう？　こんなところでつかまったら怒られるよ」

「お願いだから、だれにもなにもいわないで！」

今度はロレンツォも、そう頼んだ。

「エルナ、だれと話しているの？」

母親がちょっとこちらを向いていったが、返事を待たずにまた、おじさんたちのほうに向きなおった。ふたりはまだボンネットについて専門的な話をしている。

「ひとりでおしゃべりしてるの、ママー！　だって、すっごくつまんないんだもん」

エルナは母親にそういうと、なにを考えているのかよくわからない顔つきで、メルセデスにのった三人の顔をじっと見つめていったが、すぐににやっとした。

「そっか！　みんな、密航者なのね！」

尊敬がこもったような口ぶりに、今度はエミリーもにっこりした。胸のつかえがとれたような気分だ。

この子だったら、わたしたちのこと、秘密にしてくれる。

「密航者は見つかったら、船から放りだされちゃうんだよね。ぞっとするね！」

女の子はそういって長い巻き毛を指に巻きつけて、いじった。

「ほ、ほんと？」

マリクがつかえながらいったが、だれもこたえないうちに、ふたりのおじさんとエルナの母親が、こちらに向かってきた。

「さあ、いらっしゃい、エルナ。昼食の時間よ。総支配人さんがご親切に、いっしょに食事をしてくださるそうよ」

「わあ、すごい」

エルナはうんざりしたようにこたえると、目を大きく見開いた。そして三人に向かって目配せすると、母親たちのほうに走っていった。貨物室はまた静かになり、三人はぐったりして、後部座席のクッションにもたれた。なんとかまたうまくいった。

ロレンツォは、こわがっているマリクに、一九一三年でも人間はかんたんに船から放りだされたりしないと説明して、どうにかなだめようとした。でもマリクの顔はまだ、こわばったままだ。

「船から突き落とされるより、頭がおかしいと思われてとじこめられたほうがましだよ。ぼく、泳げないんだから」

マリクが泣きごとをいうと、エミリーはこういった。

「どこかほかにかくれるのにいい場所はないのかな？　ふたりとも船のことは、くわしくなったんでしょう」

「最初のときは野菜室にとじこめられたんだ。あのときは凍りついちゃうかと思ったよ。だから、貨物室があるはずだと思いつけて、本当によかった。タイタニックの映画で、そういう場面があっただろう、知ってる？　ふたりが、お互いに好きだって告白する場面だよ」

「わたし、見たことない。見てたら、この船にのる勇気なかったかも」

「この船じゃないよ。クイーン・メリー号でしょう」

マリクは落ちついたようで、にっこりした。すると、ロレンツォが話を続けた。

「いまいる下の貨物室は、夜は最高なんだ。だけど、昼間でも見つからないような場所を探すのは難しいな。四等船室の外の甲板だったら、いられるかも。だけど、びっくりするくらい、ものすごくたくさんの人にじろじろ見られるよ。おれたちはみんなとちがうって、なんだかかぎつけられちゃうみたいなんだ。でも、とにかく車のところにいて捕まるよりは、まだましかな。じゃあ、甲板にいってみよう」

三人が車からはいだしたとたん、また足音が聞こえてきた。パタパタ小走りするような足音。さっきの女の子だ。あっという間にやってきたので、今さらかくれても無駄だった。

「ママーが、手袋忘れちゃったの」エルナはいって、三人のわきを通りすぎ、赤い車まで走っていくと、すぐに戻ってきてみんなの鼻先できれいな革の手袋をふって見せた。そして三人の顔をひとりひとり、じっくり見つめた。「これ、すてきなワンピースね。それに、その靴はどこでつくってもらったの？　ロンドン？　おしゃれなブーツ！」

女の子はそういって、エミリーの黒いワンピースのコットン生地をそっとなでた。

「ありがとう」

エミリーは言葉につまってしまった。すると女の子は握手しようと手を出しながら、自己紹介した。

「あたし、エルナ。いま、ニューヨークに住んでいるおじいちゃまたちの家につれていってもらうところなの。あっちのほうが安全なんですって。あたし、ひとりぼっちでアメリカに残されるんだけど、たぶん、家庭教師の先生も後からいらっしゃるわ。グレアム先生よ」

「そうなの」

エミリーはそれ以上どう話したらいいかわからなくなったが、ロレンツォのほうは、作り話をするのにすでに慣れていた。

「おれはロレンツォ。こっちは弟のマリクと妹のエミリーだ。おれたちも親戚のところに送られるところなんだよ。だけど、うちの親はマリクの切符しか買えなかったんだ。なのに、マリクはおれたちがいっしょじゃなきゃいやだといいはるんだよ。それで三人で家出して、いま、密航中なんだ」

「えっ、すごく勇気があるのね！　三人だけで旅してるなんて」

「そう、ぼくたちだけでだよ！」

マリクが少しいばるようにいう。

エルナという女の子はまじめそうに、うなずいた。

「全部、ひどい戦争のせいよね？　グレアム先生は戦争が起きることはないっていうけど。あたし、ドイツのリューベックにずっといたかったわ！」

「いや、つらいけど、戦争になるんだ。ドイツに残らなくて、よかったんだよ」

と、ロレンツォは真剣になった。

「ほんと？　戦争になるの？」

マリクが、ロレンツォを見てからエミリーのほうを見てたずねた。

「そう、本当なの。第一次世界大戦よ。わたしもその話、聞いたことある」

戦争が何年にはじまり何年に終わったか、よく覚えていなかったが、エミリーはそうこたえた。

エルナが不思議そうな顔をしたので、エミリーは、はっとしてくちびるをかんだ。一九一三年のいま、こんなことをいったらおどろかれるだけだ。エミリーはエルナの気をそらそうと、話題を変えた。

「エルナの車、きれいね」

するとエルナは顔をしかめた。

「この車、パパーの趣味（しゅみ）なの。ママーといっしょにニューイングランド地方にドライブにいきたいって、車も持ってきたのよ」

「あの車、すごく高そうだね？」

マリクがいった。

「高い？　そうね、そうかも。パパは一日じゅう、ずっと車の話をするんだけど、あたし、いやなんだ。だれに会っても、何時間も車の説明ばっかり。それより、みんな、どこかほかのところにかくれたほうがいいと思うわ。そうしないと見つかっちゃう」

エルナはきょろきょろ見まわしながらいった。

「でも、どこに？」

するとエルナはそばかすだらけの鼻をこすった。

「そうね……えっと、いいことを思いつきそう。うまくいくかも」

「ほんと?!」

三人は期待してエルナを見つめる。

「いまは、あたし、食堂にいかなくちゃ。ママーとパパーが待ってるから。昼食が終わったら、パパーは、たいくつな総支配人のおじさんにまた車の回路を見せるって、いってたんだ。だから、三人とも、ここにいないほうがいいと思うの」そこでエルナはなにか、いっしょにたくらむように声を落とした。「でも、五時のお茶の後、パパーたちはいつもお昼寝するのよ。だから、そのとき、むかえにくるわね。ノックで合図するから。そうすれば、あたしだってわかるでしょう。アデュー、あとでね!」

エルナは三人に手をふると、あっという間にいなくなってしまった。

「じゃあね」

エミリーはつぶやいた。エルナのおかげで、なんだかまだ頭がぐちゃぐちゃぐちゃだ。

ママー、パパーって、とても気取っていて、へんな感じ。だけどひょっとして、ロレンツォがさっき話していたのは、このことかも。百年もちがう時代の人間と自分たちが同じじゃないって、なんとなく気づかれるっていっていたから。

船から降りられない?!

三人は四等船室の甲板にいく途中、エミリーが今朝、見かけた食堂のそばを通った。食事のにおいで鼻がくすぐられ、おなかが音をたてる。たまらず中をのぞきこむと、そこには木のテーブルが並んでいて、たくさんの人がぎゅうぎゅう詰めで、スープを飲んでいた。

しかしロレンツォは首を横にふった。

「マリクなら、あの人たちの中にまざってても平気だよ。小さくて目立たないからね。シャツもなぜかすっかり汚れちゃったし、もう、上品さのかけらもない。だけど、おれたちふたりは甲板のどこか、じゃまにならない隅にすわっていたほうがいいな」

「ぼく、パンを持ってくるよ。たまにニンジンとかカブもあるから」

マリクはそう約束すると、子どもが五人はいそうな家族の中にもぐりこみ、ベンチにすわった。エミリーとロレンツォのほうは、食堂に出入りする人混みの中に入っていった。

上の甲板にはかなり人が集まっていた。木のベンチにすわっている人、床にじかに腰をおろして、幼い子どもをひざにのせている人もいる。日差しが照りつけているのに、ほとんどの女の人たちは長く黒いドレスを着て、肩に分厚いショールを巻いている。男の人たちの服はすりきれていて、ほとんどの人がハンチング帽や黒くて丸い帽子をかぶっていた。半ズボンをはいた男の子たちが走りまわり、鬼ごっこをしている。

いろいろな国の言葉がとびかう。ポーランド語？　それともロシア語？　ただし、英語やフランス語ではないようだった。

ふたりは前の方の隅にある、貨物の積み下ろし用のクレーンのそばで腰を下ろした。エミリーはだまったまま、目の前の騒ぎを見つめた。

いったいどうして、一九一三年に生きる人たちの中で、わたし、しゃがみこんでいるの？

目立たないように手をのばして、母親のそばのかごで眠る赤ちゃんにふれてみた。肌が温かくてやわらかい。赤ちゃんは大きな目でじっと見返してきた。

ああ、どういうこと、この子はきっとも、わたしの時代には生きてない……。

するとロレンツォがいった。

「この女の子はラッキーだよね。アメリカにいれば、第一次大戦も第二次大戦も味わうことはない。こめかみに長い巻き毛がかかったお父さんが見える？　あの人たち、ユダヤ人だよ。ヨーロッパに残っていたら、ナチスが政権をとったときに、ひどい目にあうんだ」

エミリーは考えこんで、甲板の人たちをながめた。ロレンツォが、ここの四等船室の人たちは、みんな移民だと説明してくれた。ほとんどが貧しくて、アメリカでましな生活をしたいと夢見て旅をしているのだ。

「とくに男の人たちだよ。あの人たちは、どこか工場とかでいい仕事を見つけようとしているんだ。うまく見つかったら、家族を連れてくるつもりなんだろう。中には、海外に親戚がいる人たちもいて、アメリカでの生活はヨーロッパよりもずっといいという手紙を受けとっている人もいる。だれかがいってたんだけど、その人は、ドイツ人街のリトル・ジャーマニーでパン屋を開きたいんだって。マンハッタンにあるんだ」

「リトル・ジャーマニー？　聞いたことないな。それって、いまもニューヨークにあるの？」

「どうだろう。ニューヨークに住んでいるサムおじさんに、今度聞いてみたいな。リトル・イタリーとかチャイナタウンの話しか聞いたことがないや」

ロレンツォはぼんやり考えこんだ。

エミリーも、自分とはまったくちがう人たちに囲まれて、胸が苦しくなった。

いつかまた普通の生活に戻れるのかな？

「ここにくる前、やっぱりクイーン・メリー号にのっていたの？」

とうとうエミリーはロレンツォに聞いた。

「おれは、サムが船長をしているコンテナ船にのってたんだ。最高だったよ。誕生日のプレゼントに、いっしょにのせてもらえたんだ」

またロレンツォの顔つきが暗くなった。

「誕生日の前にこんなへんなことになっちゃったんだ、エミリーとおんなじだ。それにマリクも誕生日の前日だったはず……とにかく、どういうことなのか、わかればいいんだけど！」

誕生日をむかえる子どもたちが姿を消す……なんて不気味なの！

エミリーは背筋がぞくっとした。

するとマリクが走ってきた。同じくらいの歳の男の子をつれている。顔は日焼けして真っ赤で、鼻の皮がすでにむけていた。おしりのところにつぎをあてた短いズボンをはいて、へんな帽子をかぶっている。

「この子、ヴィリーっていうんだ」

と、マリクが紹介して、ふたりで床にすわりこむと、干からびたニンジンをズボンのポケットからひっぱりだした。

ヴィリーはさらに黒っぽいパンも取り出し、感心したような声を上げた。

「ちょっぴりだけどさ、食っていいぜ。密航してるんだろ、すごいな」

「それだけじゃないんだよ。ぼくたち二〇一六年からきたんだ！」

マリクは秘密を打ち明けるようにいって、この話がどう受け止められるか確かめるように

ヴィリーの顔をのぞきこんだ。

「え？　なんだい、そりゃ？」

ヴィリーはおどろいて、目を丸くした。

エミリーもとまどってマリクを見つめた。

二〇一六年？　それじゃあ、マリクは、わたしとはちがう年に消えたのね。四年も前に！

ロレンツォが「やめろ」というようにマリクのわき腹(ばら)をひじでつついたが、マリクはとまらなかった。ずっと苦しくて押(お)しつぶされそうだったのに、そんな気分は、どこかに消えてしまい、いまはただ自分が体験していることがほこらしくてしかたないようだ。

「ぼくたち、タイムスリップしたんだ。わかる？　ぼくたちは本当は二〇一六年の人間で、おまけに季節は冬なんだよ。どうしてかわからないんだけど、このインペラトールにひゅっと、うつってたんだ。二〇一六年にはこの船はとっくにスクラップになってるはずだって、ロレンツォはいってるよ。エミリーはまだきたばっかりなんだけど、ロレンツォとぼくは、何度もきてるんだ」

と、うれしそうに話を続ける。するとヴィリーが口をはさんだ。

「インペラトールに、じゃなくて、インペラトール号に、だぜ。ヴィルヘルム皇帝陛下(こうていへいか)が名前をつけたんだからな」

「本物の皇帝？　冠をかぶって玉座にすわってる、なんでももってる人？　騎士もまだいるの？」

　今度はマリクが感動していった。

　エミリーはマリクがまだ幼くて、すべてを冒険のように考えてとびこんでいけるのが、うらやましくなった。一方、ロレンツォはすっかり不機嫌になって、文句をいった。

「なあ、マリク。その口、とじていられないのか？」

　しかしヴィリーのほうは、興味しんしんでロレンツォに文句をいうようにいった。

「ちょっと、話をさせてあげなよ」

　こうしてエミリーも、はじめてマリクの話を聞くことになった。

　マリクもクイーン・メリー二号で旅をしていたのだが、それはちょうどエミリーよりも四年前のことだった。ラジオのクイズで母親に船旅があたり、四人の兄弟の中で選ばれて旅ができることになったのだ。マリクは有頂天になった。

　胸をぽんとたたきながらマリクはこういった。

「ぼくが学校で一番になったからなんだよ。それで十日間、学校をお休みすることにしたんだ。ぼくだけ許されたんだよ。あと、パパも会社を休むことになった。だれかがぼくのめんどうをみなくちゃいけないもんね。兄さんたちは、ものすごくやきもちやいてたなぁ！　おまけに、いまはタイムスリップしてるなんて。この話、聞いたら、みんな、なんていうだろう！」

　マリクはどんどん話しつづけた。

　ヴィリーは、おばけでも見るかのように目を見開いている。でもこの話を疑っている様子はまったくなく、こういった。

「信じらんねえな。二〇一六年だって！　自分の時代に戻るときは、おいらもつれてってくれよ、マリク」

「いいよ、うまくいったらね」

　マリクは気前よく約束した。そこでロレンツォが口をはさんだ。

「さあ、終わりだ。まず、おれたちが、どうしてここにいるのか考えなくちゃ。それがわからなければ、戻る方法もわからない。これまでのいろいろなことから考えても、それは確かだと思うよ」

「おいら、手伝う。誓うよ、まかせときって」

と、ヴィリーが、おごそかな顔つきでうなずいた。

　今度はロレンツォも思わず笑ってしまった。

「やっと、おれたちの頭がおかしいと思わない人が現れたな。手伝ってもらえれば、あっという間に解決だ」

ヴィリーは根ほり葉ほり質問をしはじめ、マリクはしゃべりつづけた。ロレンツォが、もうやめろというように、きつく見つめているのも少しも気にすることなく、二〇一六年のすばらしい世界について話していく。もちろんヴィリーにはそんな話はまったく信じられなかった。テレビのことは想像できた……前に、動く絵を見せる、本物の映画館にしのびこんだことがある。

だけど、家のソファにすわったまま、地球の裏側のブラジルで行われているサッカーの試合を、テレビでちょうど同じ時間に見られるってどういうこと⁈　そんなことがあるわけない。それにパソコンって、なに？　世界の知識のすべてがつまっている魔法の箱⁈　それにスマホって……ベッドに朝ごはんを持ってくること以外はなんでもできるふしぎなケース？　なんだ、それ！

「なにいってんだい、そんな話、だまされないぞ」

ヴィリーはとうといって、立ちあがった。そして、みんな頭がどうかしてるよ、とでもいうように、こめかみをこつこつたたいて、ぴょんととんで走っていき、数秒後にはたくさんの人たちの中にまぎれて見えなくなってしまった。

がっかりして見送るマリクに、ロレンツォがぶつぶついった。

「どうしてあんなにぺちゃくちゃ、どうでもいいおしゃべりしたんだ？　だれかに告げ口されたら、あっという間にまた小部屋にとじこめられるぞ」

それをエミリーがなだめる。

「告げ口なんてしないわ。そんなことしても笑われるだけだって、きっとわかってる。でも、ここに残ってくれればよかったのにね。わたし、一九一三年の生活がどんなものか、聞きたかったの」

このとき、ぼろぼろの服を着た男の子が母親にぴしゃりとたたかれて泣きはじめたのが見えて、エミリーは身をすくませた。

どうしてあんなひどいことするの？

クイーン・メリー号でホームシックになることなどまったくなかったが、いまは家に帰りたくてたまらない。

ママ、パパ、ハンブルクにある自分の部屋、そしていつものあたりまえの生活。

エミリーはロレンツォの腕をつかんだ。

「ニューヨークについたら、船から降りようよ、ロレンツォ。大使館にいってみたら、どうかな！　パパが、いってたんだけど、迷子になってどうしようもなくなったら、ドイツ大使館にいくといいんだって。困っている人を助けてくれるの。それで……」

そこでエミリーは話をやめた。ひどく悲しそうな目で見つめられているのに気づいたのだ。

そして自分がどれだけばかなことをいっているのか、悟った。

「ニューヨークについても、船からは降りないんだよ」

ロレンツォがひどく暗い声でいう。

「降りないの？　どうして？」

エミリーはロレンツォを見て、今度はマリクを見つめた。マリクは真っ青な顔になっている。

「だめだよ、降りないんだ……」

と、マリクもくりかえす。

「いったい、なにが起きるの？　教えて」

ロレンツォは少しためらってから、返事をした。

「いい？　よく聞いて。ニューヨークについたら火事が起きる……パニックになって……みんなが悲鳴をあげて走りまわって……おそろしいことなんだけど、エミリー、みんな、船から降りられなくて……」

「それで？」

ロレンツォは困ったように肩をすくめてこう話を続けた。

「それでまた、なにもかも、最初からくりかえし、はじまるんだ」

8 思いがけない手助け

エルナと貨物室で待ちあわせている時間まで、三人は四等船室の甲板でじっとしていた。エミリーは静かにすわり、まわりをじっと見つめた。この船にはいろいろな人がのっていて、さまざまな言葉が甲板にとびかっている。子どもたちは言葉のちがいなど気にすることなく、お互いにわかりあえるようだった。チョークで床にたくさん四角い図形をかいて、ぴょんぴょんとびはねている。マリクも大人しくしていられず、みんなといっしょに遊んでいた。

「またポケットからコンピュータゲームを出して、見せたりしないといいんだけどな」

ロレンツォがうめくようにいい、エミリーは笑った。

「マリクが遊んでいる子たちが話すドイツ語は、ちょっと変わってるよね。でなかったら、マリクはもっといろいろ話しちゃってると思う」

「たぶん、イディッシュ[*]語じゃないかな。サムおじさんも、おじさんのお母さんとああいう言葉で話してるよ」

「サムおじさんって、アメリカ人だと思ってた」

＊ ユダヤ人が使う、ドイツ語の方言から生まれた言葉。

「そう、ニューヨーカーだよ。でも、ユダヤ人でもあるんだ。船長なんだよ。すっごくかっこいいんだ」

ロレンツォはため息をつくと、おじさんが長い時間をかけて母親たちを説得してくれて、やっと一週間、学校を休んでいいと許してもらえたと話した。

「それにハンブルクからニューヨークまでの船旅は、おじさんにとっても珍しいことだったんだ。なのに、おれはニューヨークにいけない！」急にこぶしをにぎりしめると、立ちあがっていった。「上にいると寒いね。そろそろ車のところにいこうか」

ロレンツォが手招きすると、マリクはにこにこしながら走ってきた。

まもなく三人は船底に向かい、だれにもじゃまされることなく貨物室にたどりついた。古いメルセデスに落ちついたとたん、貨物室の金属のドアをノックする音が聞こえてきた。

エルナが顔をかがやかせて、とびはねながらやってくる。

「タッタラッタッタ！　あたしよ。いっしょにきて！　船室を用意できたのよ。そこならだれにも見つからないから」

エルナはエミリーの手をとり、四人でいそいでいくつもの階段や通路を通って、二等船室に出た。上着のポケットから鍵をひっぱりだしてドアを開けると、エルナはできたばかりの友だちを中に押しこんだ。

「タッタラタッ！」と、またいって、満足そうな顔をしてみんなをながめる。「ここは豪華客室ではないけど、でも居心地のいい部屋でしょう？」

そこには木製の二階建てのベッドと、縁飾りがきれいな鏡つきの棚に、ソファがあった。どれも優雅で古めかしい。

「ここはだれの部屋なの？」

ロレンツォは、信じられないような気持ちでたずねた。

「だれもいないの。だから、みんなだけで、使っていいのよ」

そういうと、エルナは、ここは本当は家庭教師のグレアム先生が使うはずだったと説明した。出発直前に、先生は肺炎にかかってしまい、ここは空室になって、だれも使わないので掃除も必要なく、人がくることがないということだった。エルナはドアの鍵を人差し指でくるくるまわし、ほこらしそうににやりとして、こうつけくわえた。

「ママーとパパーはこの部屋があることも知らないの。二等船室にきたこともないんだから。きっと、鍵がないことにも気づかないわ」

三人は熱心に部屋を見てまわった。マリクはベッドに腰を下ろし、カードの束をぱっと広げて、みんなに声をかけた。

「いっしょに遊ぼうよ。ウノだよ。ズボンのポケットに入ってたんだ。クイーン・メリー号にのってたときのだよ」

　エルナはびっくりしてマリクを見つめた。

「イギリスの女王のカードを持ってるの？　だから、みんなは、ほかの子とはちょっとちがう感じなのね。ねえ、宮殿にいたんでしょう？　グレアム先生はうらやましがるだろうな。いつも、ジョージ王が馬車にのっているのをそばで見たのよって、自慢してるんだから」

　マリクは、ロレンツォにじろりとにらまれて、あわてていった。

「えっと、このカードはね、おばさんからもらったんだ」

　エミリーとマリクがエルナにウノの説明をしているあいだ、ロレンツォは落ちつかないように船室をいったりきたりしていた。

「よく、のんきにカードなんかで遊んでいられるな。それに腹ぺこで死んじゃいそうだよ。昨日の夜から、干からびたパンとニンジン一本しか食べてないんだから」

　すると、エルナがひたいをたたいて、自分をしかるように声をあげた。

「エルナ・アルトホフ、あたしったら、なんてまぬけなの！　密航者はいつもおなかをすかせてるものよね！」

　そして壁にかかった金メッキの時計を見ると、ベッドからとびおりた。

「これから、ごはんを食べにいかなくちゃ。食事が終わったら、なにか持ってくるわね」

エミリーは小さな洗面台を使うことにした。髪にべっとりついた煤を洗いおとせたら、すっきりするはずだ。ロレンツォと同じようにおなかが鳴っていたが、気分はよくなっていた。洗面台から顔を上げたとき、船室はしんとしていて、ただ、メモが戸棚に置いてあるだけだった。

「マリクがいなくなった。探してくる。とにかく、戻るまでここにいて」

心配になってドアを開けると、用心深く廊下をながめた。

どうしてマリクはいなくなったの？　ふたりはけんかでもしたの？

さらに考えようとしたとき、すばらしい香りが漂ってきた。エルナがワゴンを押して廊下の角をまがってくる。そして、にこにこしながらエミリーのわきを通って部屋に入ると、ささやいた。

「だれにも見られなかったわ」そしてお皿のひとつから布を持ちあげると、胸をはっていった。

「ほら、キジよ！　それにムラサキキャベツのポテトコロッケ添え。ムラサキキャベツ、好きだといいんだけど。冷えちゃう前に、食べてみて。デザートにはチョコレートパフェもあるから」

エミリーが食べているあいだ、エルナは、自分がどれだけラッキーだったか話をした。ときどきあることだったが、この日も、エルナの母親は気分がすぐれず、食事に姿を見せなかった。

そこでエルナは頭を働かせて、食事は船室に持ってきてほしいと頼(たの)んだのだった。ウェイターはワゴンにすべてのせてきてくれて、エルナが自分が母親のところに持っていきたいといったときにも反対しなかった。

「パパーは、総支配人さんとふたりだけで食事ができて、喜んでいたわ」

　エルナはくすくす笑い、目を大きく見開いた。

「もちろんママは一口も口をつけなかった。そうなるって、わかってたんだ。だから、これ、食べちゃってね」

　ようやくエルナは部屋を見まわした。

「お兄さんと弟はどこにいるの？」

「兄さんと弟？」

　エミリーは眉(まゆ)をひそめた。そういえば、そ

うだった！　ロレンツォとマリク……すっかりふたりのことを忘れていた。あわててフォークを落とす。

わたし、食べすぎちゃったかな。

「まだたっぷりあるから、大丈夫よ。ウェイターは、ママーはずいぶんたくさん食べる人だと思ったわね」

ワゴンにのせる食事を増やすためのうまい方法に、エミリーは思わず笑ってしまった。

エルナがいてくれて本当によかった。でも百年前のちがう世界に生きている子と仲良くなっても、しかたないのかな？　せめて、エルナには本当のことを話さなくちゃ……エルナに、頭がどうかしていると思われちゃうかもしれないけど。好きな人ができたら、その人にうそをついちゃいけないよね？

そこでエミリーはためらいながら、話しはじめた。

「聞いて、エルナ。いわなくちゃいけないことがあるの。ロレンツォとマリクは、本当はわたしの……」

そのとき、ドアが開いて、ふたりが船室にかけこんできた。そしていっしょにヴィリーもやってきたが、ヴィリーのほうは入り口でとつぜん、立ち止まったのだった。そしておどろいたように口笛を吹いていった。

「うひゃあ、こりゃ、なんだ！」

ロレンツォはヴィリーのそでを引っぱり、ドアを閉めると、エミリーたちに愚痴をいった。

「さあ、奥に入って。マリクを探して、船じゅう歩いちゃったよ。やっと四等船室で見つけたんだ。マリクは親友のヴィリー・シューマッハーとぴったり並んでテーブルについていたよ。そしてヴィリーといっしょじゃなきゃ、戻らないっていうんだ」

「そのとおり。で、おいらは、ここにいるってわけ。大勢の船員たちの目をごまかしながら歩いてきたんだぜ」

ヴィリーはベッドにぴょんとのって寝ころがると、マリクの頭にまくらを投げつけた。

でもすぐにヴィリーはまたはねおきて、みんなといっしょにごちそうを食べはじめた。

「ここはすげーや。さっき話してたのは、大げさじゃあなかったんだな、マリク」

フォークやスプーンはひとり分しか用意がない。ヴィリーがキジの肉をひとつまみ、指で口に入れると、エルナから、そんな行儀の悪いことをしちゃだめ、と注意された。こうしてナイフとフォークとスプーンをみんなでまわしながら、使うことになった。

食事が終わると、エルナは、もう一度、ウノで遊ぼうといった。でもヴィリーはこういった。

「そろそろ、本当の話をしてくれよ。マリク、話してくれるってさっき約束してくれただろ。テレミとか、スマホンの話とかさ」

「テレビとスマホだよ」

マリクが小さな声で訂正する。ロレンツォは怒ったようにマリクをにらみつけた。やっぱりヴィリーに自慢するようにいろいろ話をしていたのだ。

「話って？」

エルナも興味しんしんだ。

ロレンツォは話をはぐらかそうとしたが、エミリーはもうがまんできなかった。

とても親切にしてくれたエルナに、これ以上、うそをつけない。

一気に、昨日の夜からの出来事を話しはじめる。ときどきマリクが口をはさみ、とうとう、ロレンツォもだまっていられなくなった。

「本当の話なんだ！　すごくばかみたいに聞こえるだろうけど」

エルナは頭の中にいろいろなことがよぎっているようで、じっと話を聞いていた。とても信じられないというような顔をしていたが、最後にはヴィリーと同じように、すっかり話に引きこまれていた。エルナはエミリーの腕時計を見せてもらってうなずくと、考えこんだ。

「ママーはいつもいってるの。飛行機と自動車ができてから、できないことはなにもなくなったって。いつか、人間が月にいくことだってあるかもしれないって」

「その通り。一九六九年にいくよ。アポロ十一号、アメリカ人の宇宙船だよ。月にいった最初の人間はニール・アームストロング。うちには最初の月への着陸についての本があるよ」ロレンツォはそういって立ちあがり、ぎごちなく一歩、前に足を踏みだし、ふるえながら低い声でいった。「これはひとりの人間にとっては小さな一歩だが、人類にとっては偉大な飛躍だ！」

エミリーとヴィリーはいっしょにふきだし、エミリーはいった。

「わたしのおばあちゃん、その場面をテレビで見てたっていってた」

ヴィリーは目をキラキラさせた。

「おいら、お話は大好きだぜ！　本当の話かそうじゃないかなんて、どうでもいいさ。おいら、大人になったら、冒険小説を書きたいんだ。字だって、ちゃんと読めるんだからな！」

「頭の中がぐるぐるする。そろそろ、ママーたちが心配するだろうから、その前に帰らなくちゃ」

エルナが立ちあがったので、エミリーはお願いするようにいった。

「わたしたちの話、信じてくれるでしょう？　それから、ほかの人にはここのこと話さないでね」

「もちろん、話さない。だけど、信じてるかどうかっていわれると、もっとよく考えないとわからないわ。明日また早く戻ってくるね。朝ごはんを持ってきてあげる。待っててね」

にっこりと笑って、エルナはそう約束し、ヴィリーも立ちあがった。

「おいらもくるよ。朝ごはんか、楽しみだぜ」

「だれにも捕まらないようにね」

ロレンツォが注意したが、そのときにはもうヴィリーとエルナはワゴンを押して部屋から出ていて、ドアがばたんとしまった。

それほどたたないうちに、三人はそれぞれベッドを決めた。マリクはソファにゆったりおさまり、ロレンツォは二階建てベッドの上の段、エミリーは下の段……古いメルセデスの座席とはちがい、長さが充分ある。エミリーはまだ落ちつかない気持ちだったが、すぐにまぶたがとじてしまった。

こんなにはらはらする、とんでもない一日は生まれてはじめて！

そしてぐったりつかれ、インペラトール号の二日目の夜の眠りについたのだった。

八月二十八日の火事の真実

長い間隔で二回、短く三回、長く二回。つぎの朝、エルナが合図のノックをした。今回持ってきてくれたワゴンにも、ごちそうがたくさんのっている。トースト、ライ麦の黒パン、スクランブルエッグ、ソーセージ、ベーコン、紅茶にケーキ。豆のトマト煮込みまであった。

「イングリッシュ・ブレックファスト、ジョージ王風よ。ママーにこのワゴンといっしょに部屋から追いだされちゃった。ママーはいつも具合が悪いっていうのよ」

エルナははじめのうちはくすくす笑っていたが、最後は少しだけ、かわいそうというような顔になっていた。

エミリーとマリクはうれしそうに朝食にとびついたが、ロレンツォはベッドで横になったまま、「おなかがすいてないんだ」と、つぶやいた。でも、朝食はたくさんあったので、ロレンツォとヴィリーの分も残りそうだった。

紅茶が冷えて、トーストもしけってしまったとき、ドアのところで大きな音がして、ヴィリーが怒りながら部屋に入ってきた。ひどくかっかとしていて、残っている朝食も目に入っていないようだ。みんなはたずねた。

「どうしたの？」

「どうしたかって？　ヴィリー・シューマッハーは、大ばか者だよ。捕まっちゃったんだ。失敗した！　おいら、二回も、思い切り、ぶんなぐられちまった」

二等船室の廊下で乗客係に捕まり、平手打ちをされたと、ヴィリーはうつむいて話した。さらにつぎは乗客係に父親のところにつれていかれ、お仕置きとしてベルトでお尻をたたかれたのだった。ヴィリーはふてくされたようにつけくわえた。

「だけど、また逃げてきたんだぜ」

「子どもをたたいちゃいけないって、決まってるのに！」

エミリーはおどろいていった。

「そんなの、いつ決まったんだ？」

ヴィリーはソーセージをほおばり、もごもごいった。

「世界じゅうの子どもたちが、まだ、たたかれてる時代なんだよ、エミリー」

上のベッドから苦々しい声がした。

エルナはヴィリーの手にケーキを押しつけた。

「これ、食べてね。あたし、すぐにワゴンを戻さなくっちゃ。あんまり長くここにいると、ママーにあやしまれちゃう。今日はママーはとくにピリピリしてるの。だって、夜にはニューヨークにつくんだもん」

とつぜん、ロレンツォがベッドからとびだした。一言もいわずに、まだお皿に残っていた料理を口につめこむ。明らかに機嫌が悪そうだ。ヴィリーが、エルナが帰る前に少しだけウノで遊ぼうよとさそったとたん、ロレンツォは怒りはじめた。

「遊ぶだって？　今晩、ニューヨークにつくって聞いただろう！　明日の朝早く、まだこの船に三千人がのったままだったら、パニックになるんだ。昨日はずいぶん長い時間をむだにしてしまった。いいかげん、また最初からくりかえされる前に、どうやったらこの船から降りられるのか、方法を探さなくちゃ」

エミリーはこのゾッとする話に、急に胸がしめつけられるような思いがした。そして考えこみながらいった。

「ひょっとして、コンピュータゲームと同じなんじゃないかな。正しい方法が見つからないと、先に進めないの」

「それで、正しい方法ってなあに？」

マリクが、エミリーには答えがわかると思っているように、無邪気に聞く。でもエミリーは力なく首を横にふっただけだった。

「マリクたちは、何度も同じことをくりかえしてきたんでしょう。できることは全部、試したんだよね？」

「ピコッ」

ロレンツォはそういって、人差し指でティーポットのふたをたたいた。次に、バターの皿、そしてワゴンの取っ手をつついた。それから船室の中をぐるりとはねてまわり、電気のスイッチ、ドアノブ、鏡、ランプシェードをつついていた。

「ピコッ、ピコッ、ピコッ、気をつけて。さあ、すぐに次のレベルだ！」

声はほとんどヒステリックになっていて、ピコッというたびに大きくなる。

このときノックの音がした。

「なにかお手伝いしましょうか？」

という男の人の声が聞こえる。

みんなはびっくりしてドアを見つめた。ロレンツォもだまって立ちつくしている。とうとうエルナが大きく返事をした。

「えっと、ありがとうございます！　大丈夫です」

ドアの前から足音が遠ざかっていき、ロレンツォはソファにすわりこんだ。

「悪かったよ。だんだん頭がどうかしてきたみたいだ」

一分間ほど、部屋は静まりかえっていたが、ヴィリーが口を開いた。

「それで、なんなんだい？　コンピュータゲームって？　教えてくれよ」

「無理だ、ヴィリー。ものすごく複雑なんだ。説明しているうちにニューヨークについちゃうよ」

ロレンツォがからかうようにそう笑うと、マリクがこういった。

「どうして複雑なの？　すごくかんたんなことだよ。先に進むために、なにか特別なことをするだけなんだよ」

「そうなの、問題を解決しなくちゃいけないの。そして全部成功したら、ゲームはそこで終わり。でも、永遠に終わらないこともあるの」

そうエミリーがいうと、ロレンツォはソファをこぶしでたたいた。

「そうなんだ。そこがちがうところだ！　まずこれはゲームじゃない、つぎに時間がもうあまりない。この船がホーボーケンの港についたら……そのときじゃ遅すぎるんだ……」

エミリーにとってはもう一度、エルナとヴィリーには初耳の、おそろしい話を聞くことになった。火事は、木曜日の早朝、四等船室の近くで起きて、みんなが船から降りようとパニックになるのだ。ロレンツォはつらそうな声を出した。

「降りられない人もいたんだ。おれたちが廊下を走っていたときには、最初に犠牲になった人が、もう海から引きあげられてたよ」

「なんておそろしいの」

　エルナがつぶやいた。

　ロレンツォは鼻をかんだ。

「そうだよ、おそろしいんだよ。だけど、それは貧しい人たちだけの話だ。きみたち、豪華客室のお客はみんな、とっくに安全な場所に移っているっていうのが、何度もくりかえすうちにわかったんだ。きみたちは夕方にはもう陸地についている。チェックがきびしくないからなんだ。三等と四等のお客は夜はずっと船室に残ることになる。そして朝になったら、エリス島につれていかれるんだ。移民局がある島だよ」

　エルナは顔をしかめた。

「そうかもしれない。あたしはただ、ホーボーケンでおじいちゃんがむかえにきてくれるっていうことしか知らないんだけど」

　エミリーはロレンツォをひじでつついた。

「ちょっと、この社会が不公平だからって、エルナのせいじゃないでしょう」

「そいつは、タイタニックでもおんなじだったんだぜ。そこでも金持ちだけが助かったんだ！」

急に大声をだしてヴィリーは泣きだした。

「そんなのやだ。そんなことが起きるなんて、やだ」立ち上がり、袖口で鼻をぬぐう。「そろそろちょっと、おやじたちのところに帰ったほうがいいかもな」

そしてドアの前にきたところでもう一度ふりむいて、腕組みをしていった。

「それから、問題ってやつは、ものすごくはっきりしてるんじゃないのか。とにかく、火事になっちゃいけないってことだよな？」

⑩

作戦会議

ロレンツォは口をぽかんとあけてヴィリーを見つめると、自分の頭をこぶしでたたいた。なんて大バカだったんだ。そうだよ、火事をくいとめなくちゃ。火事、パニック、死者。いつも事故が起きるから、毎回、過去に戻(もど)って同じ体験をすることになるんだ！　どうして、この生意気なベルリンっ子に教えてもらうまで、気づかなかったんだろう。

じつは最初のタイムスリップのときにヴィリーと出会って、そのときはそのおしゃべりにかなりいらいらしてしまった。そのため、マリクにはヴィリーと仲良くなってほしくなくて、ヴィリーのことをさけていたのだった。それがいま、よりによって、そのヴィリーがヒントをくれたのだ。

あっけにとられて、髪(かみ)の毛をかきむしってうめきながら、いった。

「ああ、ヴィリー、その通りだよ。火事をくいとめなくちゃ！　どうしてもっと早く気づけなかったんだろう？」

それを見て、エミリーはなぐさめようと声をかけた。

「しょうがないよ、ロレンツォ。まずはどうなっているかわかる、ということが大切だったんだから。わたし、みんなに会ってなかったら、きっとパニックになっていたと思う。頭が真っ白になって、なんにも考えられなかったんじゃないかな」

するとと、ひどく後悔(こうかい)しているようだったが、ロレンツォはにっこりした。

「そうだね、とにかくいっしょに考えよう。さあ、いま、わかっていることはなんだろう？　火事は明日の朝早くに起きるんだ。太陽がのぼる少し前。場所はこの辺り。でも正確にはどこだろう。それはわからない」

ロレンツォは引き出しからメモとペンをとって船の絵をざっと描(か)くと、船の前のほうを円ですばやく囲んだ。

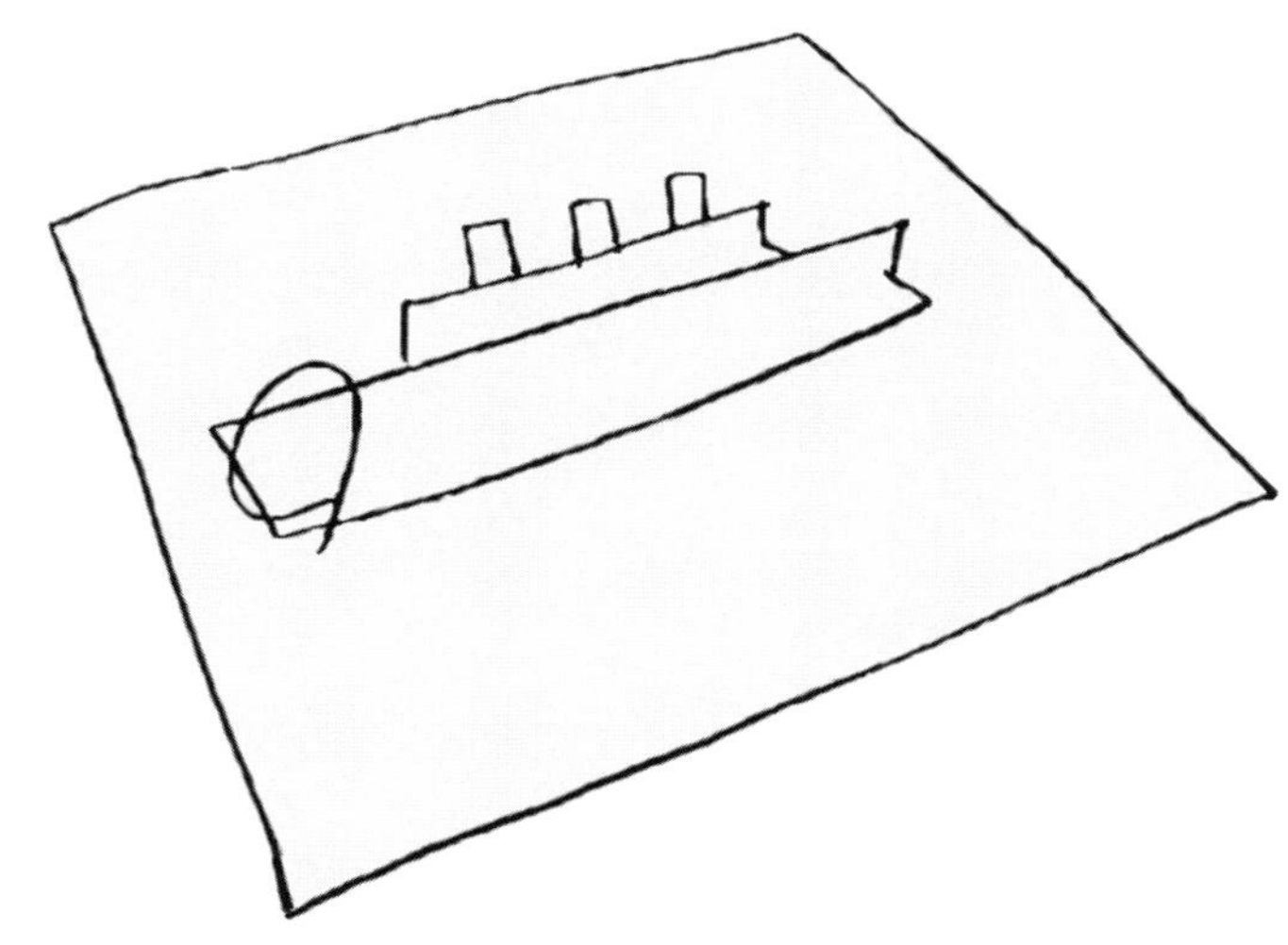

するとエルナが考えながらいった。

「もしかしたら貨物室で起きるのかもしれないわね。パパーが最近、えらい人にメルセデスの説明をしたとき、車の中に、火のついたタバコを忘れたことがあったわ」

「なんてこった！　そりゃあ、ひどいね」

ヴィリーが大声でいい、エミリーもうなずいて、いった。

「でもやっぱり、前にあるボイラー室で起きると思うの。あそこでものすごく熱い炎が燃えあがっているのを見たでしょう！」

石炭のボイラーがあると思う場所にバツ印をつける。何回か、ボイラー室に入ったことがあったロレンツォも賛成した。あの地獄のような場所できっとなにかが爆発したのだろう。

「だけど、火事になるのを、どうやってくいとめたらいいの？」

マリクがたずね、ヴィリーもいった。

「どこかほかのところで起きるかもしれないもんな、ぜんぜん別のところでさ。三等船室の中じゃ、おじさんたちがパイプとか巻きタバコとかふかして、うろうろしてるぜ。うちのおやじは毎晩、タバコを吸って部屋がもくもくになっちまうから、おふくろがドアのほうにいけって、ぶつぶついってんだ」

「おれたち、日の出前にあちこちに分かれて見まわったほうがいいな。おれはボイラー室を見張るよ。エミリーは貨物室を頼む。マリクは倉庫、ヴィリーは船室でいいな」

ロレンツォはまたスケッチに円で印をつけていった。

「それであたしは？　あたしもどこか見るわ、ロレンツォ」

エルナが学校の教室のように、手をあげる。

「だけど、エルナはそのときはもう船にいないんだよ。今晩、インペラトールを降りるんだから」

「インペラトール号を、だよ」

ヴィリーが小声でいう。

ロレンツォはやれやれ、といった顔をした。

ときどき、本当にいらいらすることをいうんだよな。

「エルナたちは後で入国スタンプを押してもらったら、もう上陸できるんだよ」

ロレンツォはエルナに向かって話を続けた。

「でもパパーがいってたんだけど、お医者さんが船にのるんだって。病人が上陸したら困るからって。ママーはいつも具合が悪いから、もう今から心配してるのよ。パパーは笑ってた。ママーにはダニもついてないし、自分たちは物乞いでもないんだっていって」

ヴィリーがエルナをにらんだ。

「おいらたちだって、そんなんじゃないさ。ニューヨークにいったら、父さんはビルを建てる工事現場で働くんだぜ。それができなかったら、シカゴにいくんだ。そこだったら、肉の仕込みの仕事があって、それは、だれだってできるんだ。おいらだって働こうと思ったら、働ける。ご立派なパパーアーに話しといてくれよな」

「だってまだ九歳でしょ。仕事するなんて、だめよ！」

「なにいってんだい、仕事はしたければ、できるんだい！　シカゴだったら、できるんだぜ！」

「ええっ」

エルナはおどろいて目を見開くと、ロレンツォが口をはさんだ。いまにも怒りで爆発しそうだ。

「おいおい、けんかするより、やることがあるだろう。どんどん時間は過ぎていくんだ。わからないのか?!　それにこんなひどいスケッチもぜんぜん役に立たないよ」

と、メモをくしゃくしゃに丸め、壁に投げつける。

一瞬、船室が静まり返った。すると、エルナがせきばらいしていった。

「インペラトール号のちゃんとした図面を持ってこられるかもしれない。部屋とか階段、非常口とかいろいろ全部書いてあるの。パパーの船室に一枚あったから。それがあったら、どうにかなると思う？　ロレンツォ」

おずおずとエルナがたずねると、ロレンツォは大きく深呼吸して、また落ちついて話しはじめた。

「それはいいな、すごいぞ、エルナ。船のことがくわしくわかれば、うまく動ける。急いで持ってきてくれるかな」

しかしエルナは、もう一度、こっそりここまでこられるか自信がなかった。そこでロレンツォは自分がいっしょに豪華客室にいき、そこで地図を渡してもらおうといった。

「そうね、ロレンツォは豪華客室のお客さんといっても平気かも。だけど、そんなはだしじゃだめね」エルナは、ロレンツォのむきだしの脚を見つめて考えこむと、洗面台のところにいき、大きなタオルを持ってきた。「プールにいくふりをしたらいいかも」

「えっ？　ここには、プールなんてもんがあるのか?!」

ヴィリーが声をあげると、エルナはすこし自慢げにいった。

「そうよ。それに体育館もあるわ。図書館もね」

ロレンツォはいらいらしてヴィリーを力強くドアのほうに押しやった。

「またけんかをはじめるつもりか？　さあ、父さんのところに顔を見せておいたほうがいい。でないと、探されるぞ。待ち合わせは、だいたい一時間後、四等船室の甲板だ。いいね？」

「アイアイサー、了解」

ヴィリーは自分の帽子をたたいた。

「それで、マリクとエミリーはおれが戻ってくるまで、ここで待ってるんだよ。これは旅行じゃないんだからね。マリク、わかった？　またマリクを探しまわるのはごめんだぞ」

「わかってる」

ロレンツォはタオルを首にまいて、むきだしの脚を見下ろした。ちょうど、汚れは落としてあった。そしてエミリーに向かっていった。

「すぐに戻るよ」

エミリーはしっかりしているから、とくにほかにいう必要はなさそうだ。

エルナが朝食の残りがのったワゴンを押してドアから外に出ていき、その後ろについて、ロレンツォは廊下を歩いていった。乗客係たちはエルナのことをすでに知っていて、豪華客室に出るふたつめのドアも無事に通過できた。このとき船員から、ワゴンを預かって、汚れた食器を片づけましょうと声をかけられた。おじょうさまと呼びかけられたが、エルナにとってはそれは当たり前の会話のようだった。

少しして、ふたりでアルトホフ家の船室の前に立った。いきなりドアが開いて、ロレンツォはぎくりとした。エルナの父親がふたりの前に立っていて、きびしい顔で娘を見つめている。

「エルナ！　お母様は具合が悪いんだぞ。あと数分で入国の手続きが始まる。それなのに、あちこちうろつきまわっているのか」

そしてロレンツォのことを、結婚詐欺師とでも思っているかのようにじろじろながめた。

エルナは引きつりながらも、くすくす笑い、背伸びをすると、父親のほほひげにキスをしながらいった。

「ロレンツォ、パパーよ。フリードリッヒ・アルトホフ・ジュニア、市政府大臣なの。パパー、ロレンツォのことを紹介してもいい？　この人は……」

そういってエルナはうまく説明できないかと考えたが、けっきょく本当のことを話すだけにした。

「この人、船の地図がほしいんだって。えっと、インペラトール号がどんな風にできているのか、興味があるんだって」

ロレンツォはエルナの父親の目線が、むきだしの脚に向けられているのを感じた。

「今度はなんの話なんだか」

アルトホフ氏はうたがい深く首をふったが、自分の机のところにいくと、カラーで印刷された大きな紙をまるめ、ロレンツォに渡してくれた。

「さあ、どうぞ。だが、きみ、泳ぐのは今度にしたほうがいいぞ、今日、船から降りたいならな」

「ありがとうございます、市政府大臣さま」

ロレンツォはにっこりしてお礼をいった。

もちろん、今日、船を降りたいに決まっている、それがいちばんの願いだ！

握手のために行儀よく父親に手をのばし、つづいて思わずエルナを抱きしめた。

エルナは、自分が生まれたときには、とっくにこの世にはいない人なんだ……。

髪の毛の香りを強く感じ、一瞬、自分はなんて奇妙な出来事に巻きこまれたのだろうという思いにおそわれた。

⑪ ニューヨークは目の前に

一時間後、エミリーたち四人は、四等船室の甲板のわきにある貨物用クレーンのそばにすわりこんで、インペラトール号の断面の図面をじっくりながめていた。ロレンツォは、みんなが見張りをする場所にバツ印をつけて、そこからどうやって逃げるのがいいか、道筋を書いていった。

「自分たちがいる場所から、いちばん早く甲板に出られる方法を覚えるんだよ。火事を防げなかったら、とにかく急いで逃げないと」

エミリーはつばをごくんと飲みこんだ。

火事を防げなかったら……そうなったら、この時間旅行がまた最初から始まるの？　そしてまた同じ人たち、ロレンツォとマリク、エルナとヴィリーに出会うの？

「あ、エルナがきた」

マリクの声がなにかの合図のように聞こえた。その言葉通り、エルナがたくさんの乗客をかきわけて、手をふりながらやってくる。

「ちょっとしか時間がないんだけど、お別れをいいたくてきたの！」
かわいい白いワンピース姿のエルナが、エミリーと並んで床にすわった。黒っぽいウールの服を着た移民たちに囲まれて、キャベツ畑の中にランが咲いているかのようだ。

小さな五人のグループは奇妙な雰囲気に包まれていた。おしゃべりなヴィリーでさえ、口をつぐんでいる。みんな、もう二度と会えないのではないかとはっきり感じていた。だれにもわからないのだ……もしなにもかもうまくいったら、ロレンツォとマリクは二〇一六年に、エミリーは二〇二〇年のクイーン・メリー号に戻る。エルナはマンハッタンの祖父母の家で暮らし、ヴィリーは家族といっしょにシカゴに旅することになるかもしれない。あるいは、ニューヨークで、エルナのような上品な人々とはまったくかかわりのない反対側の世界で生きていくのか。

「みんなの話が本当かどうか、あたしにはまだよくわからないんだけど、でも、そんなことはどうでもいいの。みんなに会えて、うれしかったわ。おかしなヴィリーにもね」

エルナがにっこりしていい、ヴィリーのわき腹をつつくと、マジパン＊のお菓子の箱をその手に押しつけた。

「これ、お別れの記念よ。本当はリューベックからの、おばあちゃんへのおみやげだったんだけどね」

少しいたずらっぽくいうと、エルナはみんなとおごそかに握手をした。五人は立ちあがって、

＊ 砂糖とアーモンドの練り菓子。リューベックの名物。

抱きあった。

「元気でね！　みんな、気をつけてね」

鼻をすすると、エルナはワンピースの裾をたくしあげて、走っていってしまった。

みんなだまったまま、丸いマジパンを食べた。ヴィリーは最後のひとつを口に入れたとたん、目を大きく見開いて、うめくようにいった。

「ああ、やめてくれ、あいつだよ。よりによって、こんなときに」

向こうで明らかにだれかを探しているような年上の男の子を、ヴィリーは指さした。

「あれ、兄さんだよ。どこか、逃げたほうがよさそうだ。でなきゃ、また怒られちまう。また戻ってくるからな。見張りはそれからするよ、いいよな？」

帽子を目深にかぶると、ヴィリーはエルナよりもすばしこく走っていった。

こうして隅ですわっているのは三人だけになった。もう話すこともなく、夜を待つよりほかにすることもない。八月のいま、夜の始まりはかなり遅い。

「寝ていいよ。きっと今夜は、あまり寝られないだろうから」

ロレンツォがいった。

エミリーはドキドキしすぎていて、眠れなかった。でもうとうとしていたようだ。体を起こして、ぼんやり見あげると、太陽はすっかり低くなっていた。

とつぜん、大勢の人々の中に、つぶやき声が広がっていった。

「ニューヨークだ、ニューヨーク、アメリカだ！」

甲板全体が活気づく。すわっていた人もとびあがり、みんなが手すりに向かった。エミリー、ロレンツォ、マリクも、先頭の列にまざろうと急いだ。本当だ。赤い夕焼けの光にマンハッタンが浮かびあがっている。まだとても小さかったが、刻一刻とはっきり見えるようになってくる。なにか敬うような気持ちにみんなは包まれていた。アメリカ、神による約束の地！

歓声を上げ、すすり泣く人たちに囲まれて、エミリーは立ったまま、じっとながめていた。島がどんどん大きくなる。自由の女神やビル、湾を行きかうたくさんの船が見える。もちろん、なにもかも、父親に見せてもらった写真とはまったくちがっていた。いま見ている世界では、家はずっと少なく、ビルも低いものばかりだ。それでも、心にしっかりきざまれた瞬間だった。となりで若い女の人がひざまずいて、涙まで流して祈っているのを見て、エミリーは心を動かされた。

「みんな、どうして泣いてるの？　もうすぐつくのに、うれしくないのかな」

マリクがたずねると、ロレンツォはいった。

「ここの人たちにとって、いまは人生で特別な瞬間なんだよ。前に話しただろう、マリク。アメリカにくるために、みんななにもかも捨ててきたんだ。家族や友達……なじみのある生活。

それが貧しくてみじめなものだったとしてもね。これからどうなるのか、みんなわからないんだ。でも、自由の女神を見ているいま、みんな、希望で胸がいっぱいなんだよ」

「うれしくて泣いている人もきっといるのよ」

エミリーもささやき、マリクはうなずいた。

「みんな、すごく勇気があるんだね」

するとロレンツォは、おごそかな顔でいった。

「そうだよ、本当にね。だからこそ、新たな故郷でむかえるはじめての朝が事故で始まるというのは、おそろしいことなんだよ」

12

作戦開始

マンハッタンの向かい側にあるホーボーケンの港につく前に、インペラトール号のわきにボートが横づけされて、何人かの人が船によじのぼってきた。移民局の人たちだ。ロレンツォはこれまでの経験からそれをわかっていた。太陽はしずんだが、空にはオレンジ色の光がまだ残っていて、船が陸地につながれる様子が見える。

なにも見逃したくないというお客たちが、手すりに押しよせる。渡り板がかかり、荷物係が船内を走りまわっていた。たくさんのスーツケースや大きな箱、家具が下ろされて、車がクレーンで持ちあげられ、陸地に運ばれる。岸壁の人たちが甲板で待つ人たちに手をふり、かけ声がかわされた。

エミリー、ロレンツォ、マリクは首をのばした。豪華客室と二等船室のお客が出てきている。渡り板を歩く人たちの中にエルナはいるだろうか。すると、やはりエルナが両親といるのが見えた。夏で暑いのに、きれいなコートを着ている。母親は手にピンクの日傘を持っていて、市政府大臣の父親は、総支配人と話していた。

エルナのほうも、四等船室の甲板を見上げている。

「アデュー、元気でねー！」

エルナが興奮して腕を大きくふりまわすので、すべりおちないようにと、船員さんにしっかりつかまれた。エルナはもう一度みんなのほうを見てから、白髪のおじいさんのところに走っていった。おじいさんはしっかりエルナを受けとめて抱きしめた。

「ほら、エルナのおじいちゃんだ。すごくうれしそうだね」

マリクはそういうと、手の甲で目をぬぐった。おじいさんと会っているエルナを見て、悲しくなってしまったのだ。

ロレンツォはマリクの肩に手を置いていった。

「おいで、マリク。船の反対側にいって、マンハッタンの光を見てみようよ。それにもう遅いから、すぐにみんな、自分のベッドにいくだろう。そうしたら、おれたちは見張りを始められるぞ」

この言葉どおり、みんなが手すりをはなれて押しあいながら階段を下りていく。甲板にだれもいなくなったとき、ヴィリーが現れた。

「おいらたち、あれやこれや荷物をまとめてたんだ。いまはみんな、ベッドに入ってる。おふくろは興奮して、ぜんぜん眠れないいんだぜ。だけどそれから、どこか、いっちゃったんだ。おいらがいなくなったことには、だれも気づいてないよ」

ヴィリーが持ってきてくれた半切れのパンを四人でいっしょに食べた。みんな、空腹だった。でも、緊張していて、それもあまり感じなかった。

火事はどこで起きるの？　火が広がる前に、見つけられるかな？　火事とパニックをとめることなんてできるの？　だれも命を落とさなかったら、このぞっとするような時間旅行は終わる？　いまこのときが、自分たちの世界に戻る前に、四人で過ごす最後の時間になるのかな？

そう考えていたエミリーは、マリクが泣きだしたいのをがまんしているのに気づいて、いった。

「みんな、聞いて。わたし、車庫になっている貨物室で見張りをしてもぜんぜん意味がないと思うの。車は全部、船から下ろされたでしょう。わたし、マリクといっしょに倉庫にいって、そこでまわりをいっしょに見たいな」

「それがいいね。わかった……じゃあ、そろそろ出発したほうがよさそうだな」

ロレンツォはできるだけ、明るい声を出そうとしていた。

四人はお互いに抱きあい、ロレンツォはとくにマリクをしっかり抱きしめた。

「きっとまた会えるよ、二〇一六年でね！」

ズボンのポケットからメモを引っぱりだして、マリクとエミリーに渡す。

「ハンブルクのおれの住所とスマホの番号だから」そしてためらうようにヴィリーを見つめる。「ヴィリーにも渡してもいいんだけど、けどな……」

「けど、二〇一六年にはおいらは死んじまってるってことだろ?」ヴィリーがロレンツォの言葉を引きとるようにいうと、口をとがらせて不満そうにいった。「おいらは、いらないよ。そのスマなんとかってやつなんか、どうでもいいんだ。未来っていうやつもな。じゃあ、そろそろ出かけようぜ」

　ヴィリーは鼻を大きくすすり、ロレンツォのわき腹をつついて、さっさと階段を下りていった。

　寝室が並ぶ通路のところで分かれることになり、ヴィリーはそこでとまり、ほかの三人はさらに船底に下りていった。いちばん遠くまでいき、もっとも危険な見張りをするのはロレンツォだった。ロレンツォがボイラー室に入っていくのをエミリーは見送った。心臓がドキドキして口からとびだしそうな気分だ。

　巨大なボイラーが爆発するとしたら、いったい、ロレンツォになにができるの?

「がんばって、ロレンツォ。気をつけてね!」

　エミリーは後ろから声をかけたが、その声はもう届いていなかった。

13

ロレンツォの危機

ロレンツォは目じりの汗をぬぐった。ひどく暑い。

興奮しているから？　それともボイラー室の前に立っているから？

用心しながら、ドアをそっとすべらせるように開く。

中はおそろしい熱と騒音にちがいない……おそるおそる暗く広い部屋をのぞいたが、そこは墓場のように静まりかえっていた。音はなにも聞こえず、人影もない。

いったい、どうしたんだろう。かまどは、なぜ火がついていないんだ？　ボイラーマンたちはどこだ？

ことわざがふと心に浮かんだ。

「沈む船からネズミは逃げる」

そうだ。なにか起きそうだと思ったら、さっさと逃げたほうがいい。

船員たちはもう、どこかで火事が起きたのを知っているのかな？　くるのが遅すぎた？　ちがう。船が目的地についたから、ボイラーに火を入れるのをやめたんだ。

ようやく、煙突から煙がまったくふきだしていないのにも気づいた。

室内を照らすのは非常灯だけで、ほとんどまわりが見えない。しかし、とくに問題は起きていないようだ。少し気がゆるんだロレンツォは、巨大なボイラーのわきを通って奥のドアに向かった。ここでも、いつもの騒がしい音は聞こえない。それでもきっと、火事の元になるような、火のくすぶる石炭が残っている。ほかのボイラー室も確かめないといけない。

とつぜん暗がりから、なにかがとびだしてきた。闇夜に動く泥棒のような速さだ。力強い手にぐいとつかまれる。そして目の前に、炭で真っ黒になり、目だけが白くぎらぎらした顔が現れた。

「いったい、ここでなにしてる？　どうしてこんなところでうろついているんだ？」

ロレンツォはぎょっとして、つかえながら返事をした。

「ええっと、な、なにも。その、つまり……おれは……」

「いったい、なんだ？　どうして自分の船室にいないんだ？」

と、おじさんは少し手をゆるめた。

「ここで火事が起きないかと、心配になって見にきたんです」

「ここで火事が起きるって？　おまえは、ボイラーマンのボスかなにかか？　さっさとどっかにいっちまえ！　ここは子どもの遊び場じゃない」

おじさんは手をはなし、ロレンツォをドアのほうにどんと押しやった。

しかし、ロレンツォはそのまま立っていた。

この人に、インペラトール号が危険だと説明しなくっちゃ。

そこで、自分が知っていることをすべて早口でまくしたてはじめた。

もうすぐ船首の近くで火事が起きること。だから火事を防ぐためにエミリー、マリクと見張りをしていること。火事が起きたら、パニックになって、みんなが押されたり、船から海に落ちたりして、命を落とす人も出ること。

ロレンツォの声はしだいに大きくなり、どんどん興奮していった。ところがボイラーマンはそこに岩山のように立ったまま、身じろぎもしないで、ロレンツォを見つめるだけだ。

「ぜったい、防がなくちゃいけないんだ！　ボイラー室を調べてまわらないと。わからないの?!」

最後にはロレンツォは悲鳴のような声をあげていた。

「まったく、わからんね。これっぽっちもわからん」おじさんの声は静かだったが、一言一言がおそろしくひびく。「いったい、どうしてそんなことがわかるんだ？　どこかに火をつけたのか、おまえか、おまえの友だちが？」

「ちがいます。もう一度、いいますが、ぼくたちは火事が起きるのを防ぎたいんです！　いま、大事な時間が無駄になってます！　火が燃えだして、死者が出るんです。わかっているんです。ぜんぶ、もう体験したから！　しかも一度だけじゃないんです。火事が、起きるんです!!!」

ロレンツォは、話を聞こうとしないボイラーマンに向かってどなっていた。そして腕をつかまれ、ゆさぶられた。

「もうたくさんだ、わかったか？　船長に伝える」

「はい、お願いします。できるだけ、急いで！」

ロレンツォはせきこんでいった。腕は機械にはさまったように動かない。

ボイラーマンはからかうように笑った。

「もちろんだ。おれの当番が終わったら、すぐにな。船を降りる前にちょっと片づけなけりゃいけないことがある。おれがいま降りられない理由はただひとつ、おまえさんだよ。むかつくやつだ」

あっという間にボイラー室の奥に引っぱっていかれる。乱暴に床にころがされ、背中を壁ぎわのパイプに押しつけられた。ロレンツォはなにかふりまわそうと、手をのばした。

「いったい、どういうこと？　どうしようっていうんだ？」

ロレンツォは床にたおれたまま、ボイラーマンを見上げた。暗くて、男が両手に持つものがよく見えない。しかし、次の瞬間、それがロープだとわかった。

「やめて、それだけはやめてください、お願いです!!!」

「口をとじるんだ」

ボイラーマンはころがったロレンツォの腕を後ろにまわすと、手首にロープをかけてパイプにつないでしまった。結び目がきつくて動くこともできない。思い切り引っぱったが、手首が痛むだけだった。

「さあ、好きなだけわめくといい。だれにも聞こえないからな」

ボイラーマンは帽子を隅に放り投げ、ドアのほうに向かっていった。すぐに火事が起きてもおかしくない、となりのボイラー室に入るドアではない。出口に向かったのだ。ロレンツォはただひとり、取り残された。

ドアがバタンとしまり、部屋は静まりかえった。はっとして暗がりを見つめると、体中の毛穴から汗がふきだした。すぐにそれは冷や汗に変わった。

14 火事発生

いま、何時？

エミリーは落ち着かず、がまんできなくなっていた。マリクといっしょに倉庫の前の暗い隅で床にすわっている。

スマホがあればいいのに。そうすれば、いざというときにすぐに連絡できて、お互いに相談できるのに。とにかく、いまはなにもできることはなさそう。昔はスマホもなくて、みんな、どうやって暮らしてたんだろう。

マリクがあくびをしたので、エミリーはいった。

「眠っちゃだめだよ。寝ちゃったら、肝心なときにだれにも知らせられないから」

ふと、ある思いが頭をよぎった。

火事にぜんぜん気づけなかったら、どうなるの？……そうなったときいちばん大事なのは、みんながちゃんと甲板に出られることだよね？

エミリーはあわててたずねた。

「聞いて、マリク。これまでは、どんな感じだった？　パニックになって助からなかった人がいたといってなかったっけ？　それとも火事で死んでしまった人もいたの？」

「それはなかったと思う……みんなお互いにぎゅうぎゅう押しあっていて……海に落ちちゃった人もいて……そしておぼれちゃって……すごくおっかなくって……」

マリクの声はとても小さく、ビクビクしていて、なんといっているのか、よく聞こえなかったが、だいたいのところはわかった。そこで話をさえぎるようにいった。

「ここでこんなことしていても、だめかも、マリク。急いでベッドが並ぶ部屋にもどって、みんなに知らせなくちゃ。わかる？　ここには二千人くらいいるでしょ。みんながぐずぐずしないで、ベッドから出てないとだめなの！」

エミリーは勢いよく立ちあがり、マリクを引っぱった。上の四等船室に向かって階段をかけあがっていく。

四等船室のいちばん下の廊下で、ちょうどこちらに向かってきたヴィリーに会った。

「うまくいった？　火を消せたのか？」

ヴィリーは夢中になっていったが、エミリーは首を横にふり、急いで新しい計画について話した。

「あわててあちこち走りまわらないでって、みんなに話さなくちゃいけないと思うの」

ヴィリーはすぐにエミリーの話を悟って、こう提案した。

「それなら、甲板でとくべつな朝ごはんを用意したっていえばいいんだ。きっと、みんな、あっという間にベッドからとびだしてくるぜ」

三人は早速、実行に移した。船室から船室へ歩き、ドアを開けていった。マリクは胸をはって、客室の等級で異なる食事時間を知らせる鐘をついた。エミリーは調理室のコックのふりをして、大きな声で伝えてまわった。

「お別れの朝食を用意したので、どうぞ甲板にきてください。朝ごはんです！　ぐずぐずしないでくださいね。でも、あわてないで！」

「甲板で朝食だって？」

まだ眠そうな人たちが、船室から顔をのぞかせた。しかしそのときにはマリクとエミリーはすでにとなりの通路に走って移動していた。ヴィリーが、まだためらっている人たちに、すぐにいったほうがいいよ、と説明していく。

しだいにあちこちからお客が出てきて、階段に向かいはじめた。みんなわいわいしゃべりながら歩いている。まだ朝早いうちに起こされて、ほとんどの人がとまどっていた。やっと外に出られるのを喜んでいる人もいれば、なにをいわれたのかわからず、説明してもらっている人もいる。でもだれも人をかきわけて進んだりせず、みんなゆったり移動していた。そして列を作りながら、甲板に出ていった。ヴィリーの計画は大成功だった。

もちろん、なにもかもこっそりうまくいくというわけにはいかなかった。乗客係たちがやってきて状況を確認すると、信じられないように、みんな、首を横にふった。甲板で特別な朝食だって？　どうして、そんなばかげた話になっているんだ？　しかしすでにたくさんの人が甲板に出ていて、いまさらとめられそうにない。

エミリーは辺りを見まわした。

ヴィリーは、どこにいるのかな？

大勢に囲まれてヴィリーを見失ってしまった。マリクだけはまだそばにいる。しっかり手をにぎっていたので、離れ離れにならずにすんだのだ。そしてはっとした。

ロレンツォ！　ロレンツォはまだ下のボイラー室にいるんだった！　ボイラーマンや、ほかの船員さんたちはどうしてるんだろう？　急いで伝えなくちゃいけなかったのに。

エミリーはささやき声でマリクに声をかけた。

「マリク！　ロレンツォをつれに、もう一度、下にいってくるね。マリクはこのまま甲板にいって、ヴィリーを探して」

「やだ」

マリクは、ひとりで残りたくないといい、結局、ふたりで階段を走って下りることになった。

いくつもの倉庫を通りすぎ、最初のボイラー室の前で立ち止まる。

こんなところにロレンツォがまだいるかな？

エミリーは力をこめて鋼鉄のドアを開き、マリクとくっつくようにして二、三歩、前に出た。やけに静かで真っ暗だ。仕事をしている人はだれもいないし、ボイラーにも火はついていなかった。

「ロレンツォ？　どこかにいる？」

エミリーはそっと呼んでみた。もし、暗がりにだれかいたら、どうなるだろう……？

「こっちだ！」

暗闇から、かすれた声がした。

「ロレンツォ！」

とつぜん、マリクはそうさけぶと、エミリーの手をはなし、奥へ走っていった。エミリーもやっと、マリクがなにを見つけたのかわかった。壁のところに、パイプに背中を押しつけられて仰向けにころがる子どもがいて、後ろ手にロープでしばられている。

「ロレンツォ、いったい、なにがあったの？　なにをされたの？」

あわててエミリーはひざをつき、背中のロープのはしを探った。ロープをほどこうとエミリーはがんばり、マリクの方は、ロレンツォの汗ではりついた巻き毛を顔からはらう。そのあいだに、ロレンツォはボイラーマンとの出来事を話した。

「ここに置きざりにされたんだ。ふたりがきてくれて、ほんとによかったよ……」

ロレンツォはそういうと、ぐったりつかれたように、だまりこんだ。助けを求めてさけびつづけたため、声もかすれている。もうすぐ火事が起きると知っているのだから、おそろしくて仕方なかったのだ。

ようやくロープがほどけると、ロレンツォは痛む首をさすりながら、心配そうにたずねた。

「いま、何時、エミリー？　きっともうすぐ朝だよね。どうにか、ここから逃げださなくちゃ！」

ふたりはロレンツォが立ちあがるのを手伝った。そして階段のところまで急いで戻りながら、エミリーは自分たちがしたことについて話した。

ロレンツォはほっとして息をついた。

「すごくいいアイデアだったね。はじめから、そんな風にできてたら、よかったよ」

やっと四等船室のいちばん下の階につくと、何組かの家族が寝室にまだ残っていた。エミリーが注意しようとしたとき……とつぜん、甲高い警報がひびいた。叫び声が大きくなり、いろいろな言葉がとびかっている。

「火事だ！　船首で火事だ！　燃えてる！」

階段にまだ出ていなかった者たちが走りはじめ、大声を上げている。

「ファイヤー！　オギェン（ポーランド語）、フォーク（ルーマニア語）、パジャール（ロシア語）、シャ（ヘブライ語）！」

最後に残っていた人たちもパニックになって走りだし、子どもたちを追いたてる。

船室の通路はどんどんせまくなっていった。大勢が移動する中、エミリーはつまずきながらロレンツォを追いかけ、マリクの手をしっかりにぎりつづけた。

どうしよう、本当だった。本当に火事になっちゃった。ロレンツォとマリクがいっていたとおりだ。ここからうまく逃げられればいいんだけど！

こげくさいにおいが強くなり、煙がどんどん濃くなっていく。目から涙がこぼれ、ほとんど息もできない。エミリーは一瞬、せきこんで、立ち止まってしまった。

そしてマリクがとつぜんいなくなった。手をはなしてしまったようだった。海をただよう流木のように、大勢の中にまぎれこんでしまった。

「マリク?!　マーリクー！」

煙が広がる通路を前に進みながら、エミリーは手さぐりした。

ロレンツォはどこにいったの？

もう一メートル先も見えない。

「エミリー？」

マリクのおびえた声が聞こえた！

やっと見つかったマリクは、泣きながら階段のいちばん下に立って、あちこち探すように見まわしていた。エミリーはすぐにかけよっていった。

「ここにいるよ。さあ、急いで！」

下から上がってくる煙から逃れるため、マリクを階段の上のほうに押しやる。

ようやくふたりは甲板に出た。さわやかな空気が流れてきて、エミリーは大きく深呼吸した。

あちこちで、おびえる人たちが押しあいながら、進んでいる。乗客係たちはみんなを落ちつかせようとしていて、船員は渡り板を用意している。

船長のアナウンスがスピーカーからひびく。

「落ちついてください、どうかあわてないで！　時間はたっぷりあるので、全員が船を降りられます。火事はすぐに消し止められます。女性と子どもから先に降りてください！」

連絡船が何隻も煙をふかしながら、インペラトール号のほうにやってきて横づけした。消防ボートも接近して、急いでホースをのばしている。埠頭にパトカーが大きな音をたてて近づいてきて、サイレンを鳴らす消防車といっしょにとまる様子を、エミリーとマリクは手すりのところで体を押しつけるようにして見ていた。

古めかしい車ばっかりで、おもちゃみたい。こんなホースで燃えている船の火を消せるのかな？

船長の話は本当ではなかった。火はまだ船首でくすぶっていて、船員たちが必死で消そうと働いているのだ。でもとにかく火事は広がらなくなっていて、甲板に出たお客たちは船員の指示を守っていた。海に飛びこむ人もおらず、せまいところでもみくちゃになってけがをする人もいない。お客たちはパニックにならず、先に女の人と子どもたち、続いて男の人たちが渡り板をすばやく歩いていく。

エミリーは、ロレンツォと離れて船を降りたくはなかった。何度も立ち止まり、あちこち探す。しかしマリクといっしょにどんどん押し流されてしまう。とうとう船員にひょいとかつがれ、渡り板にのせられてしまった。

しだいに何千人もの人たちが陸地に集まってきた。三等船室のお客もいる。船尾に船室があって、インペラトール号を降りたばかりの人たちだ。エミリーはさらにしっかりマリクの手を握り、人をかきわけてロレンツォを探しつづけた。

ロレンツォとヴィリーはどこにいるの？

消火活動をしていた船員がふたり、煙を吸ってけがをしたという話が聞こえてきて、エミリーはまたドキドキしてきた。

ロレンツォたちが無事だといいんだけど。

とつぜん、マリクが立ち止まり、両手で頭を抱えた。信じられないような顔をして、エミリーをじっと見ている。そしてかすれた声でささやいた。

「ねえ、エミリー。見て。ぼくたち、陸地にいる……ぼくたち、船から降りられたんだ。今回は成功したんだよ！」

2部 ニューヨーク

過去、現在、未来のちがいは幻想にすぎない。
たとえそれが、どんなに強い幻想だとしても。

アルベルト・アインシュタイン

15

時間の穴

「Stop! Stay behind!（とまって、前に出ないで）」

警官に腕をしっかりつかまれて、エミリーはおどろいて振り返った。

いったい、なにが起きているの？

そしてようやく、制服を着た人たちが、埠頭にいる何千人もの人たちを見張っているのに気づいた。みんな警官に囲まれていて、警官が興奮している人たちにピストルを向けている。

どうにか腕をはなしてもらったが、警官はこわい顔をしたままだ。

「Don't go further! You have to be checked by the immigration office（それ以上進むな。移民局での確認を受けるのだ）」

「はい、はい」

エミリーがあわてて返事をすると、マリクがおびえながら聞いた。

「どういうこと？　エミリー、ぼくたち撃たれちゃうの？　なんにもしてないのに」

「わからない、マリク。立ち止まったほうがいいみたい。たぶん、わたしたち、移民局にいかなくちゃいけない。おとなしくしててね。そうすれば、なにもされないから」

そういうとおそろしいピストルの銃口を見ないですむように、エミリーは目をそらした。

このとき、大勢の人たちの中に、ロレンツォの巻き毛の頭が見えた。ロレンツォもうれしさに顔をかがやかせ、人をかきわけてこちらにやってくる。三人は大喜びで抱きあった。エミリーはいった。

「よかった、ここにいたのね、ロレンツォ！　すごく心配しちゃった。ヴィリーはいた？」

「ううん。だけどもう、家族といっしょに、エリス島にいくための渡し船にのったかもしれない」

ロレンツォは「希望の島」と呼ばれる向こうの小さな島を指さした……それは「涙の島」と

も呼ばれる島だった。巨大な建物の中で、移民局がアメリカに入れる人と入れない人を分けるのだ。

ロレンツォは武装した警官や税関の役人を見つめながら説明した。

「この人たちは移住許可書をもらう前に、逃げだす人がいないか見張っているんだ。許可書をもらえない人は、次の船でヨーロッパに戻されるんだよ」

するとマリクがロレンツォのそでを引っぱった。

「それで、ぼくたちは？　移住を許してもらえなかったら、ぼくたち、どうなっちゃうの？　どこに送り返されるの？　ロレンツォ」

三人はだまったまま、困りきってお互いの顔を見つめた。三人はたしかにインペラトール号に戻らないですんだ……今回は大成功だった。

でもどうすれば家に帰れるのだろう？　どうやったら未来に戻れる?!　この世界で、これからどうなってしまうのだろう？

三人とも重苦しい不安に包まれたが、最初にロレンツォが気をとりなおし、マリクのわき腹をやさしくつついた。

「さあ、とにかく方法はまちがってなかったんだよ。だって、はじめて少し前進できたじゃないか」

マリクはきかん気そうに、足を踏み鳴らして、いった。

「そうだね。やっとあのおんぼろ船から降りられたんだ！」

「そうだよ、マリクたちが、ちゃんとお客たちを起こしてくれたからだよ。マリクとエミリーが、何人もの命を救ったんだ！」

ロレンツォがマリクの肩をたたくと、エミリーはいった。

「みんなで、そう、五人でね」

これが合図となったように、急に、三人の前にヴィリーが現れた。

「おいら、また逃げだしてきちゃった。じゃあな、って、いいたくってさ。すぐに島にいかなくちゃなんないんだ。もう番号をもらったんだぜ」

ヴィリーはうつむいてメモが貼られた上着を見せた。エミリーがそれを読みあげる。

「ヴィルヘルム・シューマッハー、インペラトール号」

するとヴィリーはにやりとした。

「自分がだれだか、わかんなくなったら、これ、使えるな。だけど、おいらたち、ものすごいことをやってのけたよね？」

ヴィリーは大勢の人たちを見まわした。

マリクは数メートル向こうで警官のほうに歩いている男の人を指さした。

「見て、あの髪の毛がくしゃくしゃのおじさん」

「あのおじさんがどうしたの？」

エミリーはたずねながら、あの人、どこかであったことがあるな、と考えていた。

「あのおじさん、生きてたんだ！　この前のときは……」マリクはつばをごくんと飲みこんだ。

「この前のときは、渡り板にあのおじさんはいて、みんながぎゅうぎゅう押しあって、大声でさけんでいるから、すべり落ちて、頭を壁にぶつけちゃったんだ！」

するとロレンツォもささやいた。

「そうだよ。おれも見たよ。どこかにつかまればよかったのに、書類カバンをしっかりにぎってたから、ころんじゃったんだよな。海からみんなに引きあげられたけど、もう助からなかった。頭がびしょぬれで、ぜんぜん別の人みたいだった」

そういってロレンツォは向こうの男の人をじっと見ていたかと思うと、信じられないというように首を横にふった。

「いま、わかったよ。あの髪の毛と口ひげ……だれだか、わかる？」

みんなは考えこんだまま、じっとロレンツォを見つめた。

「あの人、アインシュタインだよ。あの有名なアルベルト・アインシュタインだ！」

「え、ほんと？　だから、見覚えがあったのね」

　エミリーがうなずいた。

　カメラに向かって舌をつきだした写真を、前にパパが見せてくれた。でも、その写真で有名になったわけじゃなかったよね？　なにかすごい発明をしたんじゃなかったっけ？

　その人が警官と話しているのをながめながら、ロレンツォはアルベルト・アインシュタインについて知っていることをみんなに説明した。

「時代を超えた天才だっていわれてる。相対性理論を考えて、ノーベル賞をもらったんだ。アインシュタインの研究を理解するには、その人自身も天才じゃないとだめだ。とにかく空間と時間と物質とかの話で、どれもぜったいじゃないんだって」

「そうなんだ」

　マリクがいうと、ヴィリーは耳の後ろをかいた。

「とにかく、おいらにゃ、わかんないね。だけど、おいらも、あのおじさん、見たことあるぜ。三等船室に入りこんだときなんだけどさ、食べながら、なんか書いてたよ。何枚も何枚も紙にぐちゃぐちゃ書いててさ。たぶん、本を書いてたんだと思うよ。大人になったらさ、おいらも本を書いてみたいんだ……おいらは……」

　ここまでいって、ヴィリーは急に話をやめてこういった。

「なんてこった、フリッツェのやつ、また、きやがった！　だけど、そろそろ、いったほうがよさそうだ！」

顔をしかめながらヴィリーは兄に手をふると、走って大勢の人の中にまぎれていった。

「また、エリス島で会えるかもよ！」

ロレンツォは後ろから声をかけると、またみんなのほうを向いた。なにか考えこんでいるようだ。

「たぶん、アインシュタインは、時間は、みんなが考えているのとはちがう形で進んでいると証明したんだ。時間も空間も相対的なんだって」

「どの空間？」

マリクが聞く。

「どこでもいいんだよ。おれたちのまわりには空気があって……」ロレンツォはもどかしそうに手を大きくふりまわし、さらに話をつづけた。「もしかしたら、アインシュタインは理屈のうえでは、時間も後ろに戻ることがあると証明したのかもしれない……わからないけど、でもおれは……おれたちは……ひょっとしたら……」

ロレンツォは考えをなんとかまとめようとした。予感のようなものがぼんやり浮かんでくる。

「ねえ、エミリー。エミリーは誕生日の夜に向こうの世界から消えたんだよね？　何日だったの？」

ロレンツォはそういいながら、エミリーの返事がとても大事だというように、じっと見つめた。

「二〇二〇年二月二十八日だよ。じつはね、やっと本当の誕生日のお祝いができるところだったの。わたし二十九日生まれなんだ！　うるう日に生まれたの。本当の誕生日は四年に一回しかこないなんて、ひどいよね」

「ぼくもだよ！」

マリクがうめくようにいい、ロレンツォはうなずいた。

「だよな、おれもなんだよ。おれたち三人はみんな、うるう日に生まれたんだ。そして消えた」

エミリーは急に奇妙な気分になった。

「どういうこと、ロレンツォ。これって、偶然じゃないの？」

ロレンツォは有名な物理学者のほうをながめた。

「そう、偶然じゃないんだよ。よくわからないんだけどさ。おれたち、時間の穴に落ちちゃったみたいだ。助けてくれる人がいるとしたら、時間のことを理解しているあの人だよ。いこう！」

ロレンツォが先頭に立って、人込みをかきわけて進んだ。あと数メートルというところまで近づいたとき、警官たちがアインシュタインのために場所をあけるのが見えた。そしてバリケードの反対側につれていってしまった。そこをアインシュタインが通ったとたん、列の隙間がまたなくなった。

「あの人、外に出られたんだ！」

マリクが大声でいう。

三人は、上品なおじいさんがアインシュタインに向かって大げさなほど挨拶しているのを見つめた。

おじいさんはスーツケースを受けとったが、アインシュタインは、書類カバンははなそうとしなかった。おじいさんがドイツ語で話す言葉が、エミリーに少し聞こえた。おじいさんはとにかく、有名な教授が、大学側が用意した豪華客室ではなく三等船室で旅をしてきたことにおどろいているようだ。

エミリーはロレンツォにいった。

「アインシュタインがどう返事したか、聞こえた？　旅のあいだずっと、うぬぼれ屋たちにじゃまされることなく、三等船室で静かに仕事をしたかったんだって。そうよね、エルナのパパーに捕まっていたら、きっと、ぜんぜん仕事できなかったよね」

けれどもロレンツォは、エミリーの話をまったく聞いていなかった。

アインシュタインたちがとまっている車のほうに向かおうとしているのに気づいて、あわててバリケードのほうに走る。

「待ってください！　アインシュタインさん、急いでお話したいことがあるんです、待って！」

しかし大人たちは会話に夢中になっていて、この必死の呼びかけにまったく気づかない。まわりで大勢が大声を上げているので、声がまるで届かないのだ。

「アルベルト・アインシュタインさん、待ってください、待ってー！」

ところが警官のわきを通りすぎようとしたとき、注意された。

「Stay where you are, boy!（動くな、ぼうず）」

警官にどなられ、強くつかまれる。

「あっちにいかなくちゃいけないんだ！」

ロレンツォはさけんだ。もうだめだ。

ふたりのおじさんをぼうぜんとして見つめる。そして最後にまた呼びかけた。

「アルベルト・アインシュタインさん！」

ふたりが車にのりこみ、運転手が車のエンジンをかけて出発すると、エミリーは怒っているロレンツォをわきに少し引っぱり、小声でいった。

「落ちついて。ここの警官たち、すごくこわい顔をしてる。ほら、みんな、ボートのそばに並んでいるでしょう。わたしたちもそろそろ、あっちにいったほうがいいみたい」

「そうだね、そうしないと」

ロレンツォはこたえたが、石のように立ったまま、こぶしをかため、古めかしい車が走っていった向こうの道路を見つめてつぶやいた。

「未来に帰るチャンスだったかもしれないのに」

16

入国審査

これ以上、三人で話しているわけにはいかなかった。制服を着た男の人が大勢の中を歩きながら、小さなカードを配っている。ヴィリーも上着につけていたものだ。びっしり書きこまれた乗客リストを持って、ひとりひとり名前を確認している。すぐに返事をしなかった人は、ひどくどなられていた。

エミリーはロレンツォにささやいた。

「わたしたちの名前、リストにはないよね。うまく言い訳できるかな？　それでも、わたしたち、向こうにいったほうがいいと思う？」

役人がどんどん近づいてくるので、エミリーはぎょっとした。

「うん、きっとね。タクシーも呼んでもらえるんじゃないか？」

ロレンツォが皮肉をいう。

しかし、すでに役人は目の前にきていて、きつい口調でたずねた。

「Your name? German? Deutsch?（名前は？　ドイツ人？　ドイツ語？）Where are your parents?（両親はどこ?）」

「ノー・ペアレンツ、両親はいません。We are alone（わたしたちだけです）」

エミリーがつかえながら返事をする。

「Your names then!（では、名前は！）」

役人がまたせかすようにいい、乗客リストを鼻先に突きつけてきた。

「エミリー、マリクとロレンツォです」

今度はあわててロレンツォが口を出す。

「Family name?（苗字は?）」

苗字? なにか答えないと怒られそうだった。ロレンツォはまた急いでこたえた。

「シュミット、おれたち、シュミットです」

役人はメモをめくりはじめた。

「シュミト、シュミト」

と、つぶやいている。リストには信じられないくらい、似たような名前がたくさんあった。

シュミット、シュミト、シュミート、スミト、スミス……ロレンツォはちょうどいい名前を選んだようだった。役人はいまにもかんしゃくを起こしそうだ。

「How do you spell it?（つづりは、どう書くんだ?）」

いまにもどなりだすのではないかという調子でたずねられ、ロレンツォは、ドイツ語でスペルをいいはじめた。役人はいらだって、ペンを渡してきた。

「Here, write it yourself（ここに自分で名前を書くんだ）」

運よく、この混乱で役人はすっかりつかれていた。ロレンツォはほっとして、三枚の小さなカードに名前を書きこんだ。

こうして三十分後、三人は人であふれるボートにすわっていた。いつわりの名前と、のってきた船の名前を書いたカードを胸につけている。マリクははしゃいで、おもしろいものがたくさんあるね、と、話していた。自由の女神、ハドソン川をエリス島に向かうたくさんのボート……反対にロレンツォとエミリーは一言も話さないまま、島についた。まわりのたくさんの人たちもやはり緊張したように押しだまっている。

スーツケースや袋、かごを抱えた大勢の人たちにはさまれて、三人は移民局がある大きなレンガ造りの建物に向かっていった。三人は身軽だったので、おばあさんが荷物を運ぶのを手伝った。おばあさんは身長が一メートル半もないのに、ほとんど腰の高さまであるような大きな革のスーツケースを引きずっていたのだ。

ロレンツォが暗い顔つきをしているのに気づいたおばあさんは、にっこりほほえんだ。

「心配しないで、大丈夫よ。まだ若くて健康で、働くことだってできるんだから。でも、わたしのほうはね、……この新世界の人たちにとっては、ただのお荷物にすぎないんだよ」

おばあさんがそういってため息をついたので、マリクはたずねた。

「それじゃあ、どうしてここにきたの?」

すると、おばあさんはまたため息をついて、こうこたえた。

「それはね、あっちではどうやって生きていったらいいか、わからなくなっちゃったからなんだよ、ぼうや。息子たちは去年からもう、いい仕事があるニューヘイブンというアメリカの町にきていてね、お金をためて切符を買ってくれたのよ。ひとりで残しておきたくないって、いってくれてね」

指示板にしたがって長い通路を歩き、けわしい階段をのぼっていくと、記録室についた。上の階に上がる途中、体が弱っている人はいないか、呼吸が苦しそうな人、また明らかに病人とわかる者はいないかとじろじろ見られる。エミリーは、おばあさんが、緊張で息づかいがはげしくならないように注意しているのに気づいた。そこでおばあさんの腕をとり、階段を上がるときに目立たないように手助けした。

すぐそばを、がりがりにやせたおじいさんが足をひきずって歩いていたが、ひどくせきこんで、数段のぼっただけで、よろめいてしまった。その人が役人に抱えられたとき、エミリーは心臓がぎゅっとしめつけられるような思いがした。おじいさんは苦しそうに声を上げ、奥さんが泣いて役人の腕にしがみつく。しかし、なんの効果もなく、まるで犯罪者のように、つれていかれてしまった。

「ここ、こわいところだね」

マリクはつぶやいて、ロレンツォとエミリーの手にしっかりつかまった。

上につくと、三人はお医者さんに体を見られ、すぐに健康だと診断され、通過を許された。一方、目が真っ赤に充血した男の子が、おどろいている家族から引きはなされていく。エミリーとほとんど変わらないくらいの年齢の男の子だ。

「あの子、どこにつれていかれるの？」

マリクは真っ青になった。エミリーとロレンツォはなにもいえず、ただ首をふることしかできなかった。

待っている人たちのひとりが、あの男の子はさらに念入りに調べられるんだよ、と教えてくれた。

「重い病気にかかった子は、十二歳以上だと送りかえされるんだ」

と、その男の人はいう。三人は信じられない気持ちでその人を見つめた。

家族全員がアメリカに残るのに、たったひとりでヨーロッパに戻されるなんて。ありえない！

とうとう待合室についた。すでにたくさんの移住者がすわっている。ざわざわする声、赤ちゃんの泣き声、家族と引きはなされた人がなげく声、いろいろな声がまざって騒々しい。三人は格子で囲まれた場所につれていかれ、身を寄せあって木のベンチに腰を下ろした。前のカウンターで移民局の役人から質問を受ける順番を、ここで待つのだ。

三人はこの囲いの中で何時間も、産卵用のケージに入れられたニワトリのようにじっとすわっていた。空腹でのどもかわいていて、静かにすわりつづけるのはきつい。小柄なおばあさんがしなびたリンゴを分けてくれて、どうにかがまんしていた。

エミリーは急に、テレビのニュースを家で見たことを思い出した。地中海のどこかで、ヨーロッパに渡ろうとして、ある島で捕まった人たちの話だ。ここと同じように何千人もいた。ただし、その人たちは何か月もそこで待っているのだった。

とつぜん、あることに気づいた。まわりの人たちは全員、書類を持っていて、それをカウンターで見せている。エミリーはそのことをささやき声でロレンツォに相談した。するとロレンツォはうめき声をあげた。

「身分証だ、まいったな！　エミリー、もちろん、みんな、ビザやパスポートとか、移住者が用意しなくちゃいけないものを持っているんだ。なのに、おれたち、おれたちにはなにもない！　証明書もパスポートも。どうしよう」

そわそわしながら役人の方を見つめる。

エミリーは途方にくれて親指の爪をかんだ。泣きだしたくなってきた。

いったい、どうしてこんなことになってしまったの？　こんなこわい世界、指をパチンと鳴らして魔法みたいに消えちゃえばいいのに。

急に元の生活が恋しくなって、涙がほほをこぼれ落ちはじめた。

すると、おばあさんがかがみこんでいった。

「ご両親はどこにいるの？」

やさしくエミリーの手をなでてくれる。

この親切なおばあさんに本当の話ができないのは、とてもつらいことだった。でも、ロレンツォが気をつけてというようにこちらを見ているので、エミリーはなにもいわず、ぐっとこらえた。あわててロレンツォはいった。

「ニューヨークにいるおじさんに引きとられることになっているんです。おじさんはマンハッタンに住んでいて、ぼくたち……ぼくたちはみなしごなんです」

するとおばあさんはため息をついた。

「まあ、かわいそうに。それで書類はどうしたの？　なんだか証明書がないとか、いっていたみたいだけど」

「そうなんです。書類がないんです、えっと、それは……」ロレンツォは言葉につまった。「スーツケースを海に落としちゃったからなんです。火事のせいで、あわててしまって。だから、荷物がなくなっちゃったんです」

エミリーはおどろいて、口が開いてしまった。ロレンツォはまた信じられないくらいすばやく言い訳を思いついたようだ。

「まあ、かわいそうに。せめてお金は持っているの？　すこしはお金がないと、入国できないのよ」

ロレンツォは眉間にしわをよせた。

「お金？　お金も全部なくなっちゃったんだ。本当だったら……」

しかし、それ以上うその話を続けることはできなかった。列が動いて、カウンターから呼ばれたのだ。ロレンツォはあわててマリクとエミリーと手をつなぎ、三人で前に歩いていった。ぐったりつかれたような役人がじろじろ視線を向けてくる。なにより、ロレンツォのはだしで汚れた脚を見て、あやしんでいるようだ。

「ドイツ語かね？」

役人がきいた。ロレンツォがうなずくと、通訳係が呼ばれた。こちらもとてもつかれているようだ。ロレンツォがたった今、つくりあげた話をすると、役人はいらだったようにため息をついた。通訳係が、インペラトール号の火事で荷物をすべてなくしたと訴えるのは、三人がはじめてではない、と説明してくれた。だれもが混乱する大騒ぎだったのだ。通訳係は三人に用紙を渡してくれて、そこに書きこむようにといった。

　おかしなところがないように、生まれた年をロレンツォは急いで考え、うその名前とともに書きこむ。最後の住所の部分は、ハンブルクの自分の家の通りの番地にした。ただし、アメリカのどこに住むのかという質問にはあわててしまった。存在しない住所を書くわけにはいかない。

「住所？」

と、エミリーを見つめる。エミリーなら、なにか通りの名前を思いつくのではないかとでも思っているようだ。

　このときとつぜん、さっきのおばあさんがとなりにやってきた。通訳係が待つようにと声をかけると、おばあさんは勢いよく話しはじめた。

「わたしは祖母ですよ。これからアメリカに、三人のすばらしい市民が生まれるのですよ。この子たちは新しい故郷を大切にしてくれるでしょう。この子たちは本当に立派で敬虔な子どもたちで……」

　おばあさんが早口でまくしたてるので、通訳がまったくまにあわない。かわいそうな子どもたちのお金と証明書が荷物ごとハドソン川に落ちてしまったという話が三度目にくりかえされた。とうとう役人はだまってくださいといい、

「住所は？」

と、力なくまた質問をくりかえした。

「マンハッタン、グランド・ストリート四丁目」おばあさんはきっぱりいった。そしてカウンターにドル紙幣を数枚置いた。「さあ、これでマンハッタンまでのチケットを買えるわね」

　役人は探るようにお金を見やると、おばあさんにそれを返した。それからはとつぜん、信じられないくらいあっという間に進んでいった。三人は入国許可を手に押しつけられ、役人は、うるさいハエを追い払うように手を

ふった。

「外でおばあさんを待っていなさい」

通訳係がいった。おばあさんも調査用紙をもらうと、となりの部屋に押しだされてきた。いま開いたドアには
「Push to New York（押して、ニューヨークへ）」

と書いてあった。うまくいった！　エリス島を離れ、次の渡し船でニューヨークにたどりつく。

三人はだまったまま埠頭に並び、マンハッタンの高層ビルをながめた。

17

上陸

　エミリーとマリクがおばあさんを待っている間に、ロレンツォはヴィリーがどこかにいないかと辺りを探した。手には、マリクがぜったいヴィリーに渡したいといっていたウノのカードを持っている。エミリーはワンピースのポケットに手を入れると、リンゴがひとつ入っているのに気づいた。おばあさんがすばやく入れてくれたのだろう。そのやさしさに、エミリーは泣きそうになった。

「ほら、あそこ、おばあさんだよ、エミリー」

　マリクにつつかれて、ふたりで走りよると、重いスーツケースを運ぶのを手伝った。そして親切にしてもらったことに、心からお礼をいった。

「いいのよ、ほら話は、あまり得意じゃないんだけどね。でも、あなたたちのために、がんばってみたかったのよ」

　おばあさんは、しわしわの顔をさらにしわだらけにしてにっこりした。エミリーはその目をまっすぐ見ることができなかった。自分もまたうそをついていたからだ。でも、こんな状況では、ほかにどうしようもなかった。

　このとき、みんなのところに走ってきた子がいた。長いおさげの女の子で、うれしそうに手をふっている。どこかで見たことがある子だとエミリーは思った。目の前にくると、女の子は「あたしよ、ヘルタよ。向こうにいるのが、両親とハインツ」と、荷物を持って埠頭にいる家族を指さした。

　エミリーは笑った。最初の夜に船室への通路を見つけるのを手伝ってくれた女の子だ。またここで会えて、エミリーはうれしかった。

　ヘルタは興奮して、つぎつぎ話した。

「あたし、旅のあいだじゅう、ずっとホームシックみたいなのになっちゃったんだ。それに、あわてちゃって、ベルベルのことも忘れちゃったの。火事があったでしょう！　いま、ベルベルはひとりぼっちで、またハンブルクに戻るの。かわいそうな子」

　マリクとエミリーはびっくりして、ヘルタの両親のほうを見つめた。

子どもをひとり、置いてきてしまったの？

　ヘルタはまた話を続けた。

「ベルベルは、たったひとり、持ってきていいっていわれた子なの。家にはまだふたり、お人形がいるのよ。リーゼルとペーターっていうの」

そういうと、ヘルタは鼻をすすったが、また元気を取り戻してにっこりした。

「でもいまはあたしたち、アメリカについた。パパは、これからいい生活ができるっていってるのよ。あたしたち、すぐに電車でデトロイトにいくの。自動車工場で働く人を集めてるんだって」

息を切らしながら、ふたりと握手するために手をのばすと、ヘルタは礼儀正しく身をかがめておじぎをした。

「グッバイ。ママから、お別れのあいさつは少しだけにしなさいって、いわれてるの。グッバイって、英語よ。たった今、覚えたばかりなの！」

ヘルタはまたとびはねながら、いってしまった。

それからすぐにロレンツォがヴィリーと並んでやってきた。ヴィリーは自分の大勢の家族といっしょに引き綱のところにいたのだ。父、母、四人の兄弟。全員、ヴィリーと似たような丸顔で、耳が横に突きだしている。全員、落ちつかないようだ。ふたりめの兄のオットーが病室に送られてしまったのだが、一時間たってようやく、お医者さんに部屋を出してもらえたのだ。

父親が文句をいって、手のひらで息子の後頭部をはたいた。

「みんなで階段を上がっていったとき、あいつは悪さばかりして。上では、先生たちに肩にバツ印を書かれて、とんでもなくあばれやがったんだ。つまりな、頭がどうかしてるって思われたってことだよ！」

すると、長男のフリッツェがいった。

「あの人たち、正しかったんだぜ。こいつ、本当にイカれてるからさ」

今度は母親が話に入ってきた。オットーのことをひどく心配していたせいで、まだひざががくがくふるえている。軽口などまったく聞きたくない気分のようだ。

ロレンツォはそこに割ってはいり、みんなを紹介すると、お互いに力をこめて握手した。とにかく針の穴に糸を通すような大変な思いをしながら幸運に恵まれて、やっとアメリカについたことがうれしくてたまらないという気持ちが、みんなに広がる。

ヴィリーの家族が全員、マンハッタンにいけるということを知って、おばあさんはほっとした。三人のみなしごたちは、もう三人だけで取り残されることはなくなった。これで、ニューヘイブンにいる息子たちのところにまっすぐいけそうだ。

「おじさんのところで、楽しく過ごせるといいわね」

おばあさんはエミリーに向かっていった……エミリーのほうはもちろんすぐにまた、自分がついたうそのことで心が痛む。

ヴィリーの父親は、友人が、リトル・ドイツにあるトンプキンズスクエアのそばに家を世話してくれたと話した。

「部屋がふたつにキッチンがあるんだ！　それにうちの家族のためだけのトイレもあるんだぞ！　まったくうれしくてたまらないぜ」

「リトル・ドイツですか？　本当にあるんですね」

エミリーはたずねた。

すると、おばあさんは悲しそうに首を横にふった。

「たしかにあったんだよ、おじょうさん。五万人を超える人たちが住む、本物のドイツの町で、きれいだったにちがいないわね。だけど、数年前になくなってしまったんだよ」

「なんだって？　もうなくなっただって？　じゃあ、あたしたちの家はどうなるんだい？」

ヴィリーの母親がぎょっとして大声でいった。

するとおばあさんは、おそろしい船の事故があったと話してくれた。この事故でドイツ人社会の千人以上の人が命を落とした……遊覧船の船首で火事が起きたため、火事で焼けたり、おぼれたりしてたくさんの人が亡くなったのだ。

「ほとんど、どの家族にも亡くなった人が出てしまってね、そこで暮らすのがみんな、いやになってしまったの。リトル・ドイツはなくなってしまったのよ」

「火事？　船首で？」

ロレンツォはつかえながらたずねた。するとおばあさんはとつぜん、ふるえはじめた。

「そうなのよ。だから今朝、インペラトール号で火事が起きたときには、ほんとうにこわかったわ」

おばあさんは小声で話し、まるで事件の記憶が消えるかのように、両手で顔をこすった。

「でもありがたいことに、わたしは火事が起きたときにはもう船底の寝室を離れていた。みんな甲板に出ていたのよね。でなかったら、命はなかったかもしれないね」

「そうだよね、特別な朝食があるっていわれたから、甲板にいたんでしょ？　それ、いったの、おいらだったんだよ！　おいらが思いついたんだ！」

ヴィリーはうれしくて、胸をはっていった。

「おい、ふざけたこというな」

フリッツェがうめくようにいい、ヴィリーの頭を後ろからパンとはたく。勢いで帽子がとんだ。ヴィリーは振り返って殴りかかったが、今度はオットーがフリッツェの帽子をうばいとった。でも本気の殴り合いになる前に、父親が兄弟の中に割ってはいった。パン、パン、パン、パン、五人の息子全員をかるく平手でたたいていく。末っ子でなにもしていなかったエルニまでたたかれてしまった。

エミリー、マリク、ロレンツォは、ひどくショックを受けて、それをじっと見つめていた。でも男の子たちはほほをさするだけだ。みんなは笑いながらけんかを続けていたが、とうとう船の警笛がボーボーと鳴りひびいた。マンハッタンへの渡し船がつき、待っていた大勢の人たちが動きはじめた。いまは船を逃すわけにはいかない。

これ以上、エリス島に残りたくない！

エミリーはお別れにおばあさんを抱きしめると、ヴィリーと家族といっしょに船にのりこんだ。

「いいか、シューマッハー一家の到着だ！」

船が岸を離れると、フリッツェが大声でいった。みんなが歓声を上げ、帽子を高く放り投げている。エミリーも、新しくできた友人たちに囲まれてニューヨークに向かっていることに、急にわくわくしてきた。そして一瞬、ホームシックや不安、お父さんたちに会いたいと思う気持ちが、海岸の風で吹きとばされたのだった。

18

重ねるうそ

マンハッタンの港に上陸すると、エミリーはまた父親のことをいろいろ考えはじめた。パパももうニューヨークについているかな？　わたしが姿を消してしまって、絶望しきっているだろうな。ママになんて説明したんだろう？

そして埠頭で父親が自分のことを待っているような気がして、思わずあちこちながめてしまった。

「ねえ、エミリーちゃん、おじさんを探してるのかい？」

ヴィリーの母親が心配して声をかけてくれた。興奮してあちこちはねまわっていたエルニをしっかりつかまえ、人込みの中で見失わないようにしている。

「いえ……その……ただ」

エミリーはつかえてしまった。またこのつらい状況にがまんできない気分になっていた。

ロレンツォはいつものようにすばやく頭を働かせた。

「おじさん、きているといいんだけどな。最後の手紙で、病気だって書いてあったから」

「まあ、そうなの。それなら、いっしょに待っていようかね。あんたたちだけで、ここでうろうろしているわけにはいかないよ。なにしろごちゃごちゃしてて、どうやって歩いたらいいかもわからないところなんだから」

みんなはだまったまま、まわりをながめていた。船がつぎつぎ到着し、たくさんの人が感激してあいさつを交わしている。新聞売りの男の子がニュースについて声を上げ、車が通りをガタガタ走り、馬車がとまって荷物をつんでいく。後ろには高層ビルがそびえていて、一部のビルはびっくりマークのように突きだしている。沈んでいく太陽の光でたくさんの窓ガラスが美しくバラ色にかがやいていた。

「あれはウールワースビルだぜ。世界でいちばん高いビルなんだ！　最近、完成したんだってさ」

フリッツェがきれいな高層ビルのひとつを指さして、自慢するようにいうと、父親も話に加わった。

「おれもいっしょにつくりたかったな。すげえ仕事だっただろうよ。できあがっちまったとは、残念だ」

とつぜん、母親が父親の腕をつかんだ。

「ちょっと、フリードリッヒ、黒ん坊だよ！」

シューマッハーの家族と同じように、エリス島から到着したばかりのほかの移住者たちも、口を開けてその男の人をじっと見つめている。制服を着た、荷物の運び屋で、たくさんのスーツケースを運びましょうか、と声を上げている。

「本物の黒ん坊なの？」

と、エルニがきくと、ヴィリーが

「そうだよ、ほかになんだっていうんだ、とんま！　ここにはいるんだよ。ここで生まれて住んでるんだよ」

と、えらそうにいう。マリクがひじでつついた。

「黒ん坊なんて、いっちゃいけないんだよ！」

ヴィリーはびっくりしたような顔をした。

「なんだって？　じゃあ、なんなんだ？」

マリクがまたなにかいおうとしたが、ロレンツォが割ってはいった。

「アメリカ人だよ。先祖がアフリカ出身で、つまり、アフリカ系アメリカ人だね。黒い肌をした人を見たことがないの？」

シューマッハーの一家はみんな首を横にふった。父親だけは、ゆっくりうなずいていった。

「いや、あるね。動物園で見世物になってたよ。入場料は半マルク*もしたんだぜ」

＊　一八七一年にドイツ帝国が統一されてから使われていた公式通貨。

「えっ⁈　人間を見世物にしていたの？」

エミリーがぎょっとして、声を上げる。

「まあ、そうだ。植民地からきたやつだった」と、父親。

「植民地ってなに？」

マリクがたずねた。でも、だれもそれにこたえるひまも、気持ちもなかった。というのは、制服を着た人たちがふたりやってきて、すこしイライラしたように手をふっていったのだ。

「Don't linger（ぐずぐずしないで）Take your luggage, please, and leave the pier（荷物を持ってください、桟橋を離れて）Or are there any problems?（それともなにか、問題でも？）」

「No, no, officer, No problems（いえいえ、大丈夫です）We were only watching because we just arrived（ついたばかりで、ちょっと見ていただけなんです）」

ロレンツォはあわてて返事をした。

「Where are you heading for? Perhaps we can help you（どこにいくんだい？　なにか手伝おうか）」

ロレンツォはヴィリーの父親をつついて聞いた。

「お家の住所を教えてくれませんか？　おまわりさんが行き方を教えてくれるかも」

シューマッハー家の人達は、ロレンツォがなめらかに英語を話すとは思ってもいなかったので、さっき荷物の運び屋を見たときと同じように、すっかりおどろいていた。なにもいえないまま、父親はメモをロレンツォに渡した。

「マディソン・ストリート。It's only a couple of stops by bus. Over there, the second one（バスで少しいったところだ。向こうの、ふたつめのバス停だ）」

警官はメモを読みあげると、メイン通りに見えるたくさんのバスのひとつを指さした。二階建てバスで、上の部分が見晴らし台のようになっていて、席の上に屋根はない。

「クールだな！」

ロレンツォがいうと、エルニがそでを引っぱった。

「いまの、英語だよね？」

感心したような目でじっと見つめられ、ロレンツォは気まずくなって、あわてていった。

「おじさんが遊びにきたときに、教わったんだよ。それに、みんなは、本当にここでおれたちといっしょに待ってなくて、大丈夫だよ」そしてヴィリーの母親のほうを向いていった。「おれたち、なんとかやっていけますよ。おばさんたちは、きっと新しい家をそろそろ見にいきたいですよね」

しかし、ヴィリーの家族は離れようとしなかった。かわいそうなみなしごたちを、広大な異国の町に置いていけないと思ったのだ。ロレンツォはびっくりするほど、英語が上手だったが、それは関係なかった。ともかくすでに夕方も遅くなっていて、悪いことを考える人たちがうろついているかもしれない。

せめてフリッツェがロレンツォたちのおじさんの家まで送ったほうがいいと、父親はいった。そこでロレンツォがしぶしぶ、おじさんの住所も荷物といっしょになくしてしまったというと、ヴィリーの母親はやれやれと首を横にふった。

「おじさんのところには、電話もないいんだろう？　きっと、大金持ちってわけじゃないだろうしね。まったく困ったね。それじゃあ、いっしょにおいで。部屋はふたつあって、大きな台所もあるから。なんとかなるよ。それで、明日になったら、また考えてみようじゃないの」

マリクはすでに立ったまま眠りかけていたので、ロレンツォたちはありがたく、この申し出を受けることにした。こうしてすぐに、シューマッハー一家だけでなく、エミリー、マリク、ロレンツォも二階建てバスの上の階に乗ることになった。両親は下の階で荷物の見張りをしている。子どもたちは目を見開いてバスが走る通りを見つめ、町の景色に息をのんだ。まったく別の町にきたという思いが広がる……それぞれちがう理由で、そう感じていたのだが……。

19

上陸一日目

シューマッハー一家は、マディソン・ストリートの、濃い赤茶色のレンガでできた大きな建物の前にとうとう立つことができて感動していた。

父親が上を指さした。

「あそこだ、六階だぞ」

「新しい故郷で、なにもかもうまくいくように」

母親はそういって五人の息子のひとりひとりの頭のてっぺんにキスをして、みなしごだという三人の頭にもやはり口づけをした。

「さあ、そろそろいこうかね！」

みんなでいっしょにスーツケース、袋、布の包みをひきずりながら、何段も階段を上がっていく。上に到着する前に、近くの部屋のひとつのドアが開いた。女の人と男の人が顔を突きだして、太陽のように顔をかがやかせた。

「エゴン！」

ヴィリーの父親がとびあがって、その男の人のほうに向かっていき、とてもうれしそうに抱きしめ、肩を強くたたいた。

このエゴンという人が、ヴィリーの父親のいちばんの仕事仲間だという話をエミリーはすでに聞いていた。ふたりはいっしょに*シーメンスの工場で働いていて、ベルリンの殺風景なアパートでも近所に住んでいたのだ。一年前からエゴンは何度も、ニューヨークでの暮らしがいかにすばらしいか手紙に書いていた。家族のためだけのトイレが部屋にあって、どの部屋にも暖房装置がついていて、エゴンとリズベトの四人の子どもたちにも、ひとりずつベッドがあるのだ！

ベルリンでのヴィリーの生活の話を、エミリー、ロレンツォ、マリクはほとんど信じられなかった。クロイツベルクの暗い、壁にカビがはえた、ひとつしかない部屋に七人で暮らしていたという。夏は暑さと臭いがひどく、冬は凍えてしまいそうな部屋。暖炉が台所にしかない。しかもこの台所には寝泊まりする人がいた。このみじめな部屋の家賃を払うため、そこを他人に貸すしかなかったのだ。中庭のトイレは近所の人たち、みんなのものだった。ふさがっていたりして、うまく入れないときは、中庭で用を足す。庭もゴミやガラクタだらけだったので、大した問題ではないのだ。

「だけど、ケツのまわりでネズミがとびはねてるのだけは、気持ち悪かったな」

ヴィリーはにやっとした。

「でも、それなら、どうしてほかの家に引っ越さなかったの？」

マリクがたずねると、ヴィリーは大声でわらった。

「いったい、どこに引っ越すんだよ、おりこうさん。家なんか、全然ないんだぜ。でっかい財布を持ったやつらにしか家はないんだよ」

エゴンが部屋のドアを開けてくれ、シューマッハー一家は新しい我が家を、かしこまった気分で見てまわった。

「もう、家具も用意されてるんだね！」

母親がエゴンとリズベトに感謝するように抱きつく。一部屋もらえた子どもたちは、すぐにふたつのベッドを試した。二段ベッドと、もうひとつは三段ベッドで、ヴィリーはとくにそれがかっこいいと思った。すぐに天井の真下の、いちばん上の段までのぼっていく。

もうひとつの部屋にはソファがあって、ここで両親が眠れるようになっていて、ほかに棚と、テーブルがあった。テーブルにはボロボロになった本がのっている。『アメリカに住むドイツ人のためのＡＢＣ』という本だった。せまいキッチンには換気扇もあり、八月の暑い熱を窓から外に追いやっていった。ベルリンとはちがう、まったくぜいたくな部屋だった。

ロレンツォとマリクが真っ黒になった足を洗面器で洗っているあいだに、ほかの人たちはと

＊　ドイツの有名な電機メーカー。

なりの部屋からさらにいくつかいすを持ってきた。そしてようやく十二人でテーブルを囲んだ。そこにはサンドイッチ、クッキーに、リズベトがこの特別な日のために、急いでつくってくれたレモネードがあった。もちろん、話すこともたくさん！

シューマッハー一家は、何週間もかかった旅と、インペラトール号で起きた火事の話をした。そしてエゴンたちは、ニューヨークでの新しい生活について語った。エゴンは建設現場で働いていた。それはヴィリーの父親が、これからまさにやりたいと思っていたことだった。リズベトも、ドイツ人の図書館で掃除の仕事をして、月に数ドルを稼いでいた。メタという名前の長女はもう八歳で、三人の弟や妹をりっぱに世話できるのだった。

「ここはのんびり暮らせるような国じゃあないけど、でもここの人たちはあの古くさいベルリンよりも、十倍はましな暮らしをしている。たまにホームシックにはなるけどね」

リズベトは物悲し気な顔をしていった。

「いま、おいらたち、みんなそろって、ここにいるだろう！　ほとんどクロイツベルクとかわんないじゃないか」

ヴィリーが大声でいって、みんな、笑った。

ただし、みんなといっても、マリクだけは別だった。マリクはすでに、頭をテーブルにつけて、眠ってしまっていた。無理もない。すでに真夜中をとっくに過ぎていた。

数分後、ソファが、三人のみなしごたちのために整えられた。ヴィリーの父親たちは、見知らぬ場所での最初の夜は、子どもたちと同じ部屋で寝られてよろこんでいた。ずっとそうして暮らしていたからだ。

「ひとりぼっちで寝るより、ずっといいや」

エルニが上のヴィリーのベッドによじのぼって、いった。

エミリーは幅の広いソファでマリクとロレンツォにはさまれて寝ていた。そしてエルニのいうとおりだと思った。

ひとりで寝るより、いまのほうがずっといい。なによりも、見知らぬところにいるときには。思わずハンブルクの子ども部屋のことを考えてしまった。そこはきっとこの、五人兄弟が寝ている小さな部屋の二倍の広さはある。でもどちらがいいか決められないうちに、もうエミリーも眠ってしまっていた。

はてしなく長い一日だった！　一日の出来事とは信じられない。アインシュタインがいったとおりだった。時間は、人が考えているのとは、ちがった形で進む。

20

すれちがう気持ち

エミリーとロレンツォが目を覚ましたとき、マリクはまだ石のように眠っていた。朝の光が部屋の中にさしこんできて、ロレンツォはこれ以上ベッドでじっとしていられなくなった。そしてとなりの部屋のドアを開け、中をのぞきこむと、またドアを閉めてエミリーにいった。

「みんな、ぐっすり寝てるね。みんなは目的地に、ようやくたどりついたんだ。だけど、おれたちは……」と、こぶしをにぎりしめる。

エミリーは窓辺に立って、通りを見下ろした。女の子たちが、地面に小さい四角形を描いている。インペラトール号でも同じように遊んでいる子たちがいた。

「ロレンツォ、もし永遠にここに留まることになったら、どうなるんだろう。本当にみなしごになっちゃったら？　完全に新しい生活を始めなくちゃいけなくなったら？　いま、やっとわかったんだけど、たくさんの人たちが、一九一三年という年を、わたしたちがいま生きているのと同じように生きているんだよね。いまっていうのはつまり、二〇二〇年のことだけど」

エミリーは小声でいって、窓ガラスにひたいを押しつけた。

ロレンツォのほうは頑なな感じで、「二〇一六年だよ！」と訂正して話を続けた。「そんなこと、考えたくもないよ、エミリー。おれは家に帰りたい。永遠に過去の世界でうろつくなんていやだ。友だちや親、家族みんなに会いたい。それに学校だって、いやだったけど戻りたい。もううんざりだって、思ってたけどさ。またスマホがほしいし、スケートボードにものりたい。自分の家、自分の生活に戻りたい！　ここに残るなんて、これっぽっちも考えたくない！　アルベルト・アインシュタインと話さなくちゃ。助けてくれる人がいるとしたら、あの人しかいないよ」

　ロレンツォはソファにぐったりすわりこんだ。エミリーはまた小さな声でいった。

「だけど、この町はすごく大きいよね。エゴンが昨日いっていたんだけど、五百万人くらいの人が住んでるんだって。いったい、どこを探したら、アインシュタインに会えるの？」

「エルナのおじいちゃんに聞いてみようよ。エルナが、おじいちゃんは大学の教授だっていってたよね」

　ソファのところからマリクの元気な声がして、ロレンツォたちは振り返った。

「それって、教授だからって、そのおじいちゃんがなんでも知っているってこと？」

　ロレンツォがからかって笑うと、マリクはソファからとびおりて、窓辺のエミリーのところにいき、外をのぞいた。

「知ってるかもよ。あ、けんけん遊びしてる！　あれ、船で教えてもらったんだ。まぜてもらえるか、聞きにいこうよ」

　エミリーは首を横にふった。

「遊び方をよく覚えておいてね、マリク。みんな、自分の家に戻ったら、友だちに教えてあげよう」

　そういうとエミリーはロレンツォに向かって、考えながらいった。

「マリクのいっているとおりかも。埠頭にいた男の人が、アルベルト・アインシュタインに教授って呼びかけていたでしょう。エルナのおじいちゃんも、世界的に有名な大学の教授だよね。エルナが自慢そうに教えてくれたの。アインシュタインのことを知っているか、きくことくらいはできるんじゃないかな。ものすごく有名なんだから」

　ロレンツォはうなずいた。

　たしかに、それもひとつの計画だ。この古い建物でぼんやりうずくまって、シューマッハー一家が目を覚ますのを待っているより、百倍もましだ。ただし……エルナはどうやって見つけたらいいんだろう？　エルナの祖父たちはセントラル・パークにあるお屋敷に住んでいる。

　ひょっとしたら、こんなに天気のいい日には、エルナをつれて散歩に出てくるかもしれない。

　三人は昨夜の残りの最後のサンドイッチを分けると、レモネードを飲んだ。それからソファをきれいにして、ロレンツォはメモを書きはじめた。するとそのとき、ヴィリーが部屋に入ってきた。

「おいらを置いて、エルナを探しにいくのかよ。いっしょにいくぜ」

ヴィリーは怒るようにいい、ロレンツォの手から鉛筆をとり、自分の名前を下に書きこんだ。

「さあ、いこう！」

しかしエミリーは、三人の男子たちをとがめるように、じろじろ見つめた。

「みんな、すっごく汚れてる。シャツなんて、もう真っ黒だよ。エルナのママーは、みんなを見たら、気絶しちゃう。それにきっと、おじいちゃんたちも話なんて聞いてくれないよ」

ぐずぐずすることなくヴィリーはスーツケースの中を探り、きれいな服を引っぱりだした。ロレンツォは、フリッツェの半ズボンとシャツに上の部分がふくらんだハンチング帽を貸してもらい、マリクは下から二番目の弟グスタフのサスペンダーのついた半ズボンを試してみた。ひも靴まで、どれもふたりにぴったりだった。

ヴィリーは笑っていった。

「シューマッハーのナンバー六と七だね。だけど、ふたりともへんな名前だよね。ロレンツォとマリクなんて、これまで聞いたこともないぜ」

ヴィリーは丸い頭の上に帽子をかぶると、もう一度子ども部屋をのぞいてから、ドアから外にするりと出た。

アパートの前でロレンツォは場所を確認した。ここはマンハッタンの南のはしで、セントラル・パークはずっと北にある。サムおじさんが送ってくれたガイドブックで見たのを覚えていた。

「おれたち、とにかくブロードウェイを歩いていけばいいんだ。北に向かえるから」

でも、そのブロードウェイはどこなの？

エミリーは勇気を出して、アパートの前で遊んでいる女の子たちに声をかけた。女の子たちは、英語で返事をしてくれたが、それはエミリーの英語とあまり変わらないくらいのものだった。きっとこの子たちも移民の子たちなのだろう。

すると、いちばん年上らしい女の子がドイツ語で教えてくれた。

「オリバー・ストリートをまっすぐいって、中国人の町を横切るの。でも三人だけでいくの？あそこは、中国人しか住んでないんだよ！」

最後はびくびくしたようにいった。

「そうだよ、チャイナタウンだもんな。サムおじさんは、そこでいっしょにごはんを食べようっていってくれてたんだ……」

ロレンツォはそこまで話したところで、まわりの子たちがびっくりした目を自分に向けているのに気づいて、だまった。

「あそこでごはんを食べるの？　中国人のごはんを？」

さっきの年上の女の子がいった。まわりの子たちも、見慣れない男の子がとんでもなく変なことをいうのを聞いたように、くすくす笑った。

「そうだよ、春巻きとか、北京ダックとか、デザートは焼きバナナだよ」

ロレンツォは女の子にきつくいうと、ほかの三人が自分の後をついてくるか気にすることもなく、速足で歩きだし、いってしまった。エミリーはため息をついた。

ああ、ロレンツォは、今日はひどく機嫌が悪いのね。

そしてその様子は、おもしろいものがたくさん並ぶチャイナタウンを歩いていても変わらなかった。とつぜんエミリーは旅行気分になった……でも今回ははるか昔の時代ではなく、べつの大陸を歩いているのだ。北京のまんなかで忙しそうなアジア人に囲まれている。耳慣れない言葉、漢字、とがった屋根、はしごでつながった小さい家。通りには店が建ち並び、そこから異国の香りがあふれてくる。エミリー、マリク、ヴィリーは何度も立ち止まったが、ロレンツォはどんどん先を歩いていき、みんなに声をかけた。

「早くきて。こんな風に歩いていたら、ぜんぜん目的地につけないよ。お金があったら電車に乗ったり、バスを使ったりできるけどさ」

でもお金など持っているわけもなく、無賃乗車をしてつかまる危険はおかしたくなかった。

「無賃乗車なんてしたら、どうなるか、わからないぞ」と、ロレンツォがいったので、みんなでずっと歩いてきたのだ。

　通りが広くなってきて、家々が豪華になり、かがやくような車や馬車が走るのが見られるようになってきた。上品なドレスを着て日傘をさした女の人たちと白い夏の帽子をかぶった男の人たちが腕をくんで散歩をしている。エミリーたちがぐずぐずしていると、ロレンツォが早くいこうとせかす。

　とうとうエミリーはいった。

「ロレンツォ。いろいろ大変だけど、こんなニューヨークを見られて、わくわくしない

の？」

エミリーは立ち止まって、向こうのちょうど建設途中の高層ビルを指さした。何人かの人たちが、目もくらむような高さの鋼鉄の板の上で作業している。

でもロレンツォは、わけがわからないことをいわれたというように、エミリーをじっと見つめた。

「わくわくするって？　本気なの⁈　ここにいるということが自分で選んだことだったら、わくわくできたかもしれないけどさ。でも、そうじゃないよね？　なあ、エミリー。おれは、二度とこの世界を離れられないんじゃないかって、こわいんだよ。二度と、決して、ね。わかる⁈」

21

ロレンツォの災難

ああ、どうしてあんないいかたをしてしまったんだろう？　三人ともひどくびっくりしている。

ロレンツォは感情を爆発させてしまったことを後悔した。

一番年上だからって、責任なんてとりきれない。でもおれがくじけたら、みんなもっとつらくなる。

エミリー、マリク、ヴィリーはいまはだまって、ロレンツォの後ろをついて歩いていた。

さらに悪いことに、革靴が重くて足が痛くなっていた。セントラル・パークはとにかく広い。

ロレンツォは不機嫌そうにベンチに腰を下ろした。もちろん、公園の美しさなど目に入っておらず、湖やボートを漕ぐ恋人たちを見つめるだけだ。こうした古めかしい、いかにもありそうな光景は、ロレンツォにとってはどうでもいいことだった。そしてこうつぶやいた。

「サムおじさんがホバーボードを買ってくれたんだ。ここでそれを試してみたかったな」そしてヴィリーがなにかいいだすより先に「それはなに、なんて聞かないでくれよ、いいか」とぴしゃりといい、ひざのところでほおづえをついて、両手の中に頭をうずめた。

ヴィリーは肩をすくめて、口に出かかった言葉を飲みこんだ。しかしそれからすぐにロレンツォをつついて大声でいった。

「見て、あそこ！」

「ちょっと、ほうっといてもらえないかな。口をとじていられないの？」

「もちろん、できるさ。だけどさ、いまは見てほしいものがあるんだ。あそこ、エルナだよ。なあ、口をひらいて話してもいいだろう？」

ロレンツォは急に振り返った。公園のはしを何台もの馬車が五番街に沿って走っている……そしてその先頭の馬車で、エルナと祖父が後ろの座席にすわっている。エルナは熱心にあちこち見ているが、後ろだけは残念ながら見ていなかった。一秒ごとに馬車は遠ざかっていく。

ロレンツォは一瞬ためらったが、すぐに走りだした。歩道をまがり、レモネード売りにぶつかった。花壇をとびこえ、橋を走り、公園の出口まで、腕をふりまわしながら、せいいっぱい大声で呼びかける。五番街についたが、馬車の姿はもう見えなかった。代わりにとつぜん、通りにあふれるたくさんの人たちに囲まれた。制服を着た人たちもいて、一メートル先にも進めなくなった。

三人の男の人たちのすぐ前を通り過ぎようとしたが、通れない。ちょうどそこで幅広く道をふさいでいるようだ。ロレンツォは怒って、ひとりの男の人にぶつかっていった。その人がかかげるプラカードを引きちぎりたいくらいだ。

いったい、みんな、ここでなにをしてるんだ？　どうして道をふさぐように広がっている？

ロレンツォはプラカードをもった人を荒っぽくわきに押しやり、大声でいった。

「ここを通らなくちゃいけないんだ！」

「いまは黙ってろ、ぼうず！」

男の人にどんと押された。とたんにまわりの人たちが互いに押しあいはじめた。英語、ドイツ語、ありとあらゆる言葉で悪態がとびかっている。ロレンツォは周囲を見まわしたくて隙間をつくろうともがいたが、エルナも祖父ももちろん、とっくにいなくなっている。

代わりに見えたのは、馬に乗った警官がやってくるところだった。大勢の人たちになにか大声で命令しているが、聞きとれない。みんなが、馬をよけていく。インペラトール号で騒ぎが起きたときに見たような光景だ。なにが起きているか、だれもよくわかっていない。しかし、確実にみんながおびえていた。

「走れ、ぼうず、逃げるんだ！」

プラカードを持ったドイツ人にロレンツォはまた押された。しかし今回は、前足をあげた馬から守ってくれたのだった。

ロレンツォはみんなといっしょに走りだした。でもつまずいてしまい、どこかにつかまろうとしたが、地面にたおれてしまった。たおれたのは、男の人が落としていったプラカードの上だった。立ちあがったとき、そこに「一日の休日を」と英語で書いてあるのがわかった。姿勢を立てなおそうとしていると、首筋をぐいとつかまれた。痛みに思わずひざをつく。

大声を上げてもがき、なんとか逃げようとしたが……目の前には馬がいる。その馬の蹄が胸にぶつかって、息ができなくなった。まただれかにしっかり首をつかまれた。はなして！　とロレンツォはいおうとした。でもその瞬間、目の前が真っ暗になり、足がしびれてたおれてしまったのだった。

消えたロレンツォ

エミリー、ヴィリーとマリクはロレンツォを追いかけたが、まったく追いつけなかった。橋を渡る前に、エルナと祖父をのせた馬車はすでに見えなくなり、ロレンツォもその黒い巻き毛がときどき見えるだけになっていた。そして五番街を横切る通りには大勢の人が押しよせていて、ロレンツォがそれに囲まれるのも見えたが、三人がそこについたときには、馬車もロレンツォも姿を消していた。

なにが起きたのかわからないうちに、たくさんの人にもみくちゃにされた。エミリーはなんとか、マリクとヴィリーまで見失わないようにした。

いったい、どうなっているの？　どうしてこんな大騒ぎになっているの？

みんなが手に持っているプラカードには、こんな言葉が書いてあった。

ウェイターに一週間につき十ドルを、メイドには五ドルを。

これってデモなの？

「ごったがえしてるな。あそこに、インディアンもいるのかな？」

ヴィリーがまわりをじろじろ見ていい、エミリーは眉(まゆ)をよせた。

なんで、ヴィリーはまたこんなことをいいだすの？

「ここの人たち、みんな、なにしてるの？　ロレンツォはどこ？」

と、マリクがおびえたようにいう。

「ぜんぜん、わからない。でも、ここじゃあ、見つかりそうにないね。公園で待っていたほうがいいかもしれない」

エミリーはそういったが、それは思ったよりもたいへんなことだった。大騒(おおさわ)ぎの中、人をかきわけて戻(もど)るのはほとんど不可能だ。しかし運よく、三人が困(こま)っているのに気づいた人がいて、道をあけてくれた。そしてようやくまた五番街の道に出ると、こういわれた。

「Stay out of the way, kids（道から離(はな)れてるんだ）」

三人は道を戻(もど)りながら、どこかでロレンツォが見つからないかとあちこち見まわした。ところが通りにも公園の歩道にもどこにも見当たらない。とうとう三人は湖のそばのベンチでまたすわりこむと、そこからまったく動けなくなった。

きっとそのうちロレンツォは戻(もど)ってくる。ひょっとしたら、エルナを捕(つか)まえられたのかも。

永遠に感じられるほど待ちつづけた後、けっきょくマディソン・ストリートに戻(もど)ることにした。これからまだ長い道のりを歩かなくてはならないことを考えると、みんなはうんざりした。

おなかも空いているし、つかれてもいた。ヴィリーさえ元気をなくし、うなだれて道を歩いていく。家に帰ったら、父親にひどくたたかれるのは目に見えていた。なにしろ何もいわずに出てきてしまったのだから。

「だけど、どうして、お父さんは、あんな風にたたくの？　いつもはとても親切なのに」

　エミリーはたずねた。

「だって、普通のことだろ」

　ヴィリーはあっさりそういった。大人が乱暴なことをするのを禁じる法律ができるとは、信じられないのだ。

　しかしこの日、ヴィリーはついていた。すっかりへとへとになって新しい家に戻ったが、父親のほうもいろいろなことがありすぎて、たたくのを忘れてしまったのだ。エゴンは父親とフリッツェに仕事を世話してくれた。しかもそれはまさにやりたいと思っていた仕事で、ふたりは来週から、新しい高層ビルの建築現場にいくことになったのだった。母親も一日中お店をまわり、タイミングよくホテルで働けるようになった。

「これでみんないい暮らしができるようになって、子どもたちは学校にいけるな」

　父親はクリスマスツリーのように顔をかがやかせてそういうと、エミリーに向かっていった。

「それにしても兄ちゃんはどこにいったんだい。まだ町の中をほっつき歩いてんのか？」

エミリーはため息をついて、小さな声でこたえた。

「はい。そうみたいなんです。いま、おじさんを探してるんです。いっしょにあちこち探したんですけど」

エミリーはまたシューマッハー一家にうそをつくことになってしまった。

「そうなんだよ、中国人の町までいったんだ！」

マリクも大きな声でいうと、フリッツェがいった。

「そのうち戻ってくるさ。おれたちみたいな人間は、雑草と同じで、なかなかくたばらないんだぜ」

エミリーは困ったように笑った。

もちろん、ロレンツォは戻ってくるに決まっている。自分とマリクを置いてきぼりにしたりしない。この見知らぬ国の、見知らぬ時代に。そんなこと、ぜったい、ありえない。

そして元気にいった。

「そうよね！　きっと、今晩、帰ってくるよね」

23

ロレンツォを探しに

エミリーの考えはまちがっていたようだった。ロレンツォはこの日も、つぎの日も戻ってこなかった。シューマッハー一家もあちこちでいろいろな人に、ドイツからきたみなしごの男の子についてたずねてくれたが、だれもなにも知らなかった。エゴンとリズベトもいろいろ手伝ってくれて、なんとか探し出そうとした。しかし、ロレンツォは地面にすいこまれたかのように行方知れずだった。

父親は、長男のフリッツェと次男のオットーが探して歩くのを許してくれた。近くの病院をあちこちまわったが、まったく見つからない。ほかの男の子たちはエミリーとマリクといっしょにマディソン・ストリートに残り、外に出るときは近所の子どもたちとアパートの前で遊ぶときだけといわれた。でもみんな、ロレンツォがいなくなったことでなんとなく不安で、そもそも家から離れようとはしなかった。

ロレンツォはいったい、どこにいった？　どうして連絡がないんだ？　事故にあったのか？　だれか悪い人につかまった？　炭鉱で働かせるために子どもたちをさらうグループがあるといううわさもあるじゃないか。

子どもたちをこれ以上こわがらせないように、大人たちがひそひそ話すのは、悪い予感ばかりだった。しかしエミリー、マリク、ヴィリーのほうも、だれにも知られてはいけない話をそっと話していた。

ロレンツォはひょっとして未来に戻る方法を見つけたの？　そして家に帰ったのかもしれない。元の世界に戻る方法をマリクとふたりだけで探さなくてはいけないの？　ロレンツォはもう、わたしたちのことを覚えていないかも！

いちばん落ちついていたのは、リズベトで、捜索願を出そうとみんなにいった。けれども、まだ新しい家に住みはじめたばかりなのに、最初からすぐに警察とかかわりあいになるのは、あまりよくないかもしれないと、ヴィリーの家族はみんな思っていた。そしてしばらくは、がまんするしかないということになった。

つぎの日、ヴィリーの母親が早朝の部屋の掃除の仕事をしてホテルから戻ったとき、エミリーはソファで寝ていた。悩みすぎておなかが痛くなってしまったのだ。しかしヴィリーの母親のほうも、具合がよくなかった。ロレンツォのことが心配な上、さらにホテルでもひどいめにあっていたのだ。

「あの人たち、トマトを投げつけてきたんだよ。投げるのも当然だよ」と、ブラウスにできた真っ赤な染みを指さして、ぶつぶついった。そして興奮しながら、その日の出来事を説明しはじめた。仕事時間が終わってホテルの前に出たところで、怒った人たちのグループに出会ったのだった。

そしてストライキに参加していないと文句をいわれて、くさったトマトを頭にぶつけられた。

「あたしゃ、ぜんぜん、知らなかったんだよ。ストライキしてるなんてね。でなきゃ、あそこで仕事なんてしなかったよ。仕事仲間を裏切るつもりなんてなかった。だから、こんなに早く仕事につけたんだね。おえらいさんは、みんながストライキをしているから、ホテルで働く新しい人が必要だったんだ」

と、小声でいう。

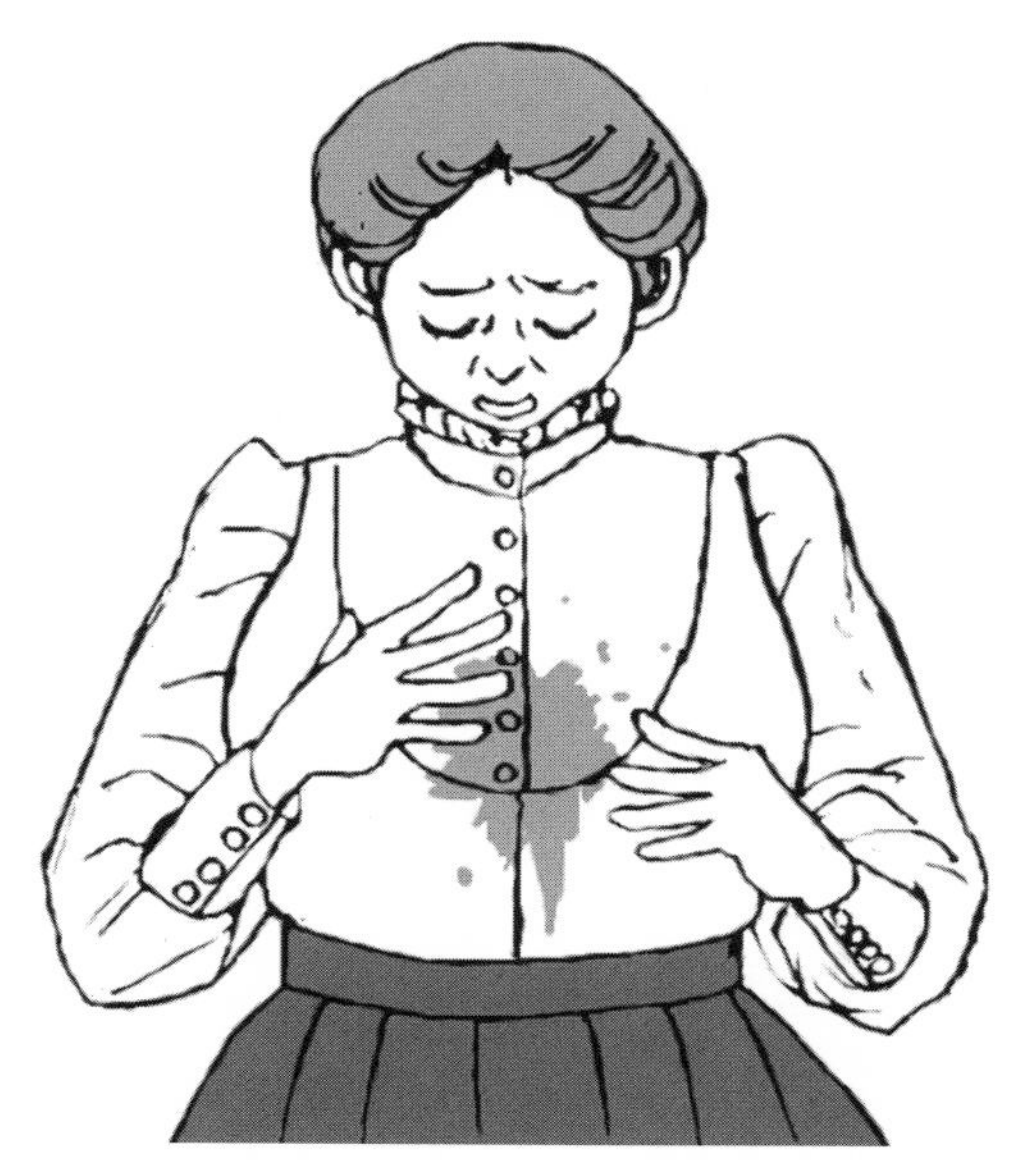

「ストライキってなんなの？」

マリクがたずねた。

おばさんは、今日の午後わかったことを話してくれた。ニューヨークではずっと前から、ホテルやレストランで働く人たちが、よりよい労働条件を求めてたたかっているのだ。

「みんなは、一週間に一日の休日がほしいといってるんだよ。ホテルのメイドは、一か月二十ドルのお給料がほしいといってるだけ。だから、むやみやたらにほしがってるわけじゃないんだ」そしてとくに警官たちがきびしいといって怒った。「ただ意見をいっただけで、捕まっちまうんだよ、まったく、ひどいもんだ！」

エミリーは五番街の出来事の意味が、このときようやくのみこめた。ドキドキしながら、いすからとびおりる。

ロレンツォはデモの行進にまぎれこんでしまったんだ。まちがって、逮捕されちゃったのかも。だから、戻ってこられないの？

しかしこの思いを口にしようとして、はっとした。

ヴィリーの家族は警察にかかわるのはいやかもしれない。

エミリーはつかえながら、たずねた。

「えっと、その人たちは、どこにつれていかれちゃったの？」

おばさんは、さあ、と肩をすくめただけだった。でもリズベトは、抗議した人たちはニューヨーク市警の本庁にいると考えていた。

「ブルーム・ストリートのところじゃないかね。ここからすぐだよ。そこにきっと監房があって、みんなつかまってるにちがいないね」

エミリーの頭の中で、いろいろな考えがかけめぐったが、ふとひらめいて話をしてみた。

「ブルーム・ストリート？　その名前、聞いたことある。おじさんがその通りのことを話していたかも。あたし、そこにいって、おじさんが写真で見せてくれたアパートがないか、見てくるね。とりあえず、見てみたほうがいいと思うの」

もちろん、マリクとヴィリーもいっしょにいきたいといったが、ヴィリーの母親は許してくれなかった。でもエミリーは絶対に見にいきたいといってゆずらず、おばさんは、見知らぬ街なのだから、とにかく注意しなさいということしか、できなかった。

「自分も迷子にならないように、気をつけるんだよ」

おばさんはそういって、頭のてっぺんにキスをしてくれた。

こうしてエミリーはひとりで家を出た。また中国人街を通ったが、今回はお店はのぞかなかった。やっとロレンツォのことがわかるかもしれないと思い、そわそわしていた。それほどたたないうちに、ニューヨークの警察の本庁がある大きな建物の前についた。

すっと、中に入っていっていいのかな？　なんていえばいいんだろう。学校で英語を習ったけど、あんまり得意じゃないし……。

エミリーは深呼吸(しんこきゅう)すると心を決めて、入り口までの階段(かいだん)をのぼっていった。

ロレンツォが本当に監房(かんぼう)にとじこめられているんだったら、ぐずぐずしていられない。なにかいいいいわけもきっと思いつけるはず。

24

エミリーの機転

ロレンツォはかなり英語をうまく話せたが、だからといって状況はよくならず、むしろ悪くなっていた。警察は、ロレンツォが前日にアメリカについたばかりで、ストライキに参加していたわけではないという話を、まったく信じてくれなかった。

「I just walked along Fifth Avenue. I have nothing to do with the strike. I have no idea what it's all about!（ただ五番街を散歩していただけで、ストライキとはなんにも関係ないんです。なにをしているのか、ぜんぜん知らなかったんです）」

何度もそういって、行列の中に偶然まぎれこんでしまっただけだと、ロレンツォは説明した。しかしなにも変わらなかった。おまけに身分証明もなかったので、すぐに監房に入れられてしまった。そしてほかの五人の男の人たちといっしょに、すでに二日間もじりじりしながら過ごしていた。窓のない小部屋にはベッドもなく、ただうすいマットと、ちくちくする毛布が渡されただけだった。体のあちこちが痛む。さらに馬の蹄で胸をけられたせいで、息をするのも苦しい。

この監房でロレンツォはいちばん年下で、みんな、やさしくしてくれた。いっしょに捕まった人たちは大きなホテルのウェイターや荷物係だった。この人たちは警察の人とはちがって、ロレンツォがまだ学校に通う子どもで、ホテルで働いている子どもではないとすぐに気づいた。一週間に一度も休みをもらえないきびしい仕事の条件について、ロレンツォはなにも知らなかったのだ。

「ずっとここにとじこめられたりはしないさ。警察がさっさとマディソン・ストリートにいって、おまえさんの入国許可書をとってくればいいんだがな。そうすれば、いつアメリカについたかわかるだろうに」

制服を着た、白髪のドアマンのヒンリッヒがいった。ロレンツォと同じハンブルク出身で、十年前からニューヨークに住んでいるということだった。

「子どもだけでインペラトール号でアメリカにやってきたっていうのを、信じてもらえないんです。Just tell us the truth（本当のことを話せ）といわれるばかりで」

ロレンツォはあきらめきったように肩をすくめた。話を疑われるのを、責める気にもなれなかった。きっと本当のことをかくしているのを、相手はうっすら感じているのだ。

「遅くても三日後には、予審判事のところにつれていかれる。そのとき、なにもかもはっきりするだろうよ」

ウェイターをしている人がなぐさめようと、そういってくれた。しかしロレンツォはがっかりしたままだった。本当の話は、やむをえずついたうそよりも、さらに信じがたい話だ。頭がおかしいと思われたら、おしまいだ。

このとき監房のドアが開き、警備の人がいった。

「シュミト！ Get up, you have a visitor（起きるんだ、お客さんだ）」

なんのことかわからず、ロレンツォは一瞬、とまどった。

いったい、なんの話？ お客さんだって？

そしてぱっと立ちあがったときには、痛みに思わずうめいてしまった。ヒンリッヒがフリッツェの帽子を持たせてくれた。そのとたん警官に廊下に押しだされ、事務室に入れられた。部屋の明るさに、ロレンツォは目をしばたかせた。

そこにいたのはエミリーだった！ 警官の机の前で行儀よくすわっているエミリーを見て、ロレンツォはうれしさに涙があふれた。

むかえにきてくれたんだ！ 警察はやっとマディソン・ストリートに警官を送ってくれたんだ。

ふたりがなにも話せないうちに、警官が、妹のエミリーはとても立派だった、とロレンツォにいった。英語とドイツ語が混ざっていて頭が混乱したが、いちばん大切なことをきちんと話してくれた、ということだった。

「Why didn't you tell us that you are friends of Professor Althoff?（アルトホフ教授の友だちだと、どうしてさっさといわなかったんだい？）」

と、警官はいった。

ロレンツォは、どういうこと、とたずねるようにエミリーを見つめた。

エルナのおじいちゃんと友だちだって話したの？　教授と？

エミリーは気づかれないように、そっとうなずいた。

「His son is on his way to get you out of here, boy（教授の息子さんが、いまむかえにきてくれる）」

ロレンツォはまた、ちゃんと自分が理解できているのか、わからなくなった。

教授の息子が警察署にむかえにくる？　エルナの父親、大臣が？　ええっ！……エルナの父親とは、船の図面をもらったときに少し話しただけだ。そのときは、とても不機嫌そうな顔をしてたけど。本当にここにむかえにきてくれるのか？

警官が、まずシャワーをあびて、エミリーといっしょに大臣を待ったらどうかといった。このときようやくロレンツォは、自分のひどい臭いとべたついた髪の毛に気づき、ぜひそうしたい、とこたえた。

階級が上の人間だとわかると、こんなに扱いがちがうのか。急にまともに扱われるようになった。

そして監房でいっしょだった人たちに別れのあいさつをすることも許された。

みんな、なにも悪いことはしていないのだから、すぐに解放されるはず。それともちがうのだろうか？

五人は皮肉っぽい笑みを浮かべていたが、ロレンツォが解放されるのを喜んでくれた。ヒンリッヒは別れの記念にと、ドアマンの帽子をくれて、こういった。

「プラザ・ホテルではもう仕事はもらえないだろうからね」

そして五人はみんなやさしく、ロレンツォの肩をたたいてくれた。警備員が監房の鍵をしめ、ロレンツォは囚人用のシャワーのところにつれていかれた。

熱いシャワーをあびると、髪の毛の汚れがせっけんとともに排水口に泡立って吸いこまれていき、この数日間ではじめて幸せな気分になれた。もうだめだと、うちのめされていたが、その気持ちもいっしょに流されてしまったようだった。この瞬間は、心配事はすっかり頭から消えていた。

25

エルナとの再会

エミリーはとくによく考えていたわけではなかったが、シューマッハー家の人たちやエゴン、リズベトのことは警察(けいさつ)に話さなかった。みんな、移住したばかりで、警察(けいさつ)とかかわりたくないと思っているのは、よくわかっていた。でもこの町で、助けてくれそうな人をだれか考えないといけなかった。ひらめきが必要だった……エミリーは、ロレンツォからたくさんのことを学んでいた。

そしてアルトホフ一家がロレンツォをとても心配しているといってしまったのだった。直感的に教授と市政府大臣の話もしていた。

これは、うまくいきそう。エルナのお父さんには今まで、いろいろ助けてもらった。

今回もまた同じようになった。エミリーががんばって訴(うった)えた警官(けいかん)は、アルトホフ教授に電話しようといってくれた。そして多少のいざこざはあったが、エルナの父親はむかえにきてくれると約束してくれたのだった。

「エルナのお父さん、あんまり怒(おこ)ってないといいけど」

警察の小さな部屋でロレンツォのとなりにすわると、エミリーはそっとささやいた。

「ここから連れだしてもらえるなら、おじさんが、どんなに怒ってたってかまわないよ」

ロレンツォはいった。それから男の人たちの声が聞こえてきて、ドアが開いた。

「なになに、これ、なんなの！　ロレンツォ、大丈夫だった？」

エルナが走りよってきて抱きつき、エミリーのことも引きよせた。エルナの赤毛越しに、エルナの父親が、警官といっしょにドアのところに立っているのが見えた。

それからエルナがとてもしっかり挨拶したので、警官はなにもいえなくなり、ただうなずいただけだった。ロレンツォたちはアルトホフ家の友人で、大事なのはそこだけだ。それはまちがいなかった。

エルナの父親は警官と少し話をして、ロレンツォとかるく握手をした。そして少し荒っぽく抱きよせると、みんなで警察署から外に出た。通りに出るとようやく、父親は話を始めた。

「うちの一家が友だちだと話すのは、少々大げさだったな、ぼうや」

父親はロレンツォをとがめた。しかし、すぐにやさしそうな顔になった。

「とはいえ、きみたち兄妹と知りあえてうれしいよ。エルナから、きみたちの英雄的な行動を聞いた。インペラトール号でたいへんな事故が起きるのを防いでくれたらしいね。だが、どうして発電機が燃えだすと気づいたのか、エルナはその理由は説明できなかったけれどな……」

父親はそこで話をやめて、ロレンツォをじっと見つめた。けれどもすぐに困ったようににやりとしてこういった。

「第六感のようなものがあるんだろうね。そういうことかな」

「本当にそうなの、ロレンツォは未来が見えたみたいなの……」

エルナがくすくす笑い出すのをこらえながらいうと、父親は感心するようにロレンツォに向かっていった。

「だが、きみは船をあちこち調べたいから船の図面がほしいといっていたね。じつに先を見通す力がある。これまでの話だと火事が起きたとき、乗客は運よく甲板に出ていたということだったが、われわれは新聞社にこの話を伝えないといけないな。きっとみんな、興味しんしんで食いついてくるだろう」

「いえいえ。騒ぎはたくさんなんです」

ロレンツォは断った。

「よくわかった。では、きみたちを家に送っていこう。車はすぐそこだ。ホルブルック・ランドレー・メルセデスだよ」

父親はみがきたての車をなでた。

エミリーとロレンツォはお礼をいって、リムジンの後部座席にのりこんだ。歩くのとはちがって車ではたった数分で、すぐにマディソン・ストリートのアパートの前についた。

「ここに住んでいるのか」

エルナの父親は、運転席から赤いレンガ造りの建物をじっと見つめた。わきの壁には避難用のはしごが五階まで続いている。

「そうなんです。シューマッハーさんの家にいるんです」

エミリーはいった。

「でも、七人家族なんでしょう。部屋はいくつあるの？」

エルナがおどろいたようにきくと、ロレンツォがいった。

「ふたつ。あとはキッチンとおふろだよ」

「ふたつ?!」

エルナは顔をしかめた。そして父親の方を

向くと、かわいらしくいった。

「パパー、おじいちゃまのお屋敷にはたくさん部屋があるわよね。ロレンツォとエミリーと弟のマリクを客室に泊めていただけないかしら？」

エミリーとロレンツォは顔を見合わせた。

エルナはなんてうれしいことをいってくれたんだろう。お屋敷にいけば、アルトホフ教授と話ができて、アルベルト・アインシュタインについてなにか教えてもらえるかも！

三人は期待のこもった眼差しでエルナの父親を見つめた。すると父親はうなずいた。

「もちろん、いいとも。インペラトール号の英雄たちだ、大歓迎だ。それはおじいさまの代わりにうけあおう、エルナ」

三人は歓声を上げて車からとびおりると階段をかけあがり、シューマッハーさんの家族の部屋に向かった。息せき切って、今回の出来事について知らせる。みんなは、ロレンツォが戻ってきたこと、そしておじさんの家が見つかるまで泊まれるところができたことも、とても喜んだ。いろいろつらいことがあったが、それでもとても運のいい話だ。

「ぼくもいっしょにいっていい？　あんなすげーやつ、乗ったことないよ」

ヴィリーが窓辺から、きれいなメルセデスをうらやましそうに見下ろしながらいった。

しかし母親にえりもとをぐいとつかまれた。

「ぜったいにだめだよ」

そしてまたあらためて、みんなはしっかり別れのあいさつをした。でも今度は、みんな、すぐにまた会えると思っていた。

ロレンツォ、エミリー、マリクは車にのりこみ、窓から体をのりだすヴィリーに向かって手をふった。助手席にすわっていたエルナはクラクションを鳴らすことを許され、父親は大きくエンジンをふかした。車の覆いを開き、マンハッタンの街を走っていく。とても立派な街並みが八月の暑い日差しを浴びている。

「歩くよりずっといいや」

ロレンツォはほっとした。

これからはうまくいきそうだ。ずっととんでもないことばかりだった。なにしろ監房にとじこめられちゃったんだから……でも、これで少し前に進めそうだ。

26 アインシュタインに会いたい

五番街のお屋敷についたエミリー、ロレンツォ、マリクはおどろきっぱなしだった。見たこともないすばらしいものばかりだ。入り口のホールは黒と白のタイル張りで、中にはヤシの木が植えられた植木鉢があり、噴水まである。さらに巨大なリビングのとなりには、ランが咲き乱れるガラス張りの室内庭園があった。ふたつの客室には天蓋付きのベッドがあり、ひとつはロレンツォとマリク、ひとつはエミリーのために用意されていた。そこからはセントラル・パークが見わたせる。

エルナは三人のまわりをはねまわりながら、家じゅうを紹介して何度もこういった。

「とってもすてきでしょう？　おじいちゃまたちは最近ここに引っ越してきたばかりなの。いまおじいちゃまは大学の学長だから、学長らしい暮らしをしなくちゃいけないのよ」

「そうなんだ」

エミリーは具体的なことがよくわからないまま、そう返事をしたが、ロレンツォが聞き耳をたてたのを感じた。

「ここでおじいさんが学長をしているなら、きっとえらい人たちを招いたりするんだよね。科学者……たとえば、アルベルト・アインシュタインとか……」

ロレンツォはエルナをじっと見つめて、たずねた。

「さあ、知らないわ。食事に来ている人たち、知らない人ばっかりだもん。そのアルベルト・アインシュタインってだれなの？」

ロレンツォはこの物理学者と相対性理論（そうたいせいりろん）について話すべきかどうか、少し考えた。けれども説明をはじめたら、永遠に時間がかかりそうだった。普通（ふつう）の人間には実際、わからない話だからだ。そこで、エルナにとっていちばん大切なところに話をしぼり、気づかないうちに小声になって説明しはじめた。

「いいかい、アルベルト・アインシュタインは、おれたちと同じように木曜日にインペラトール号でいっしょにニューヨークにきたんだ。世界一の天才なんだよ。おれたちが未来に戻（もど）るのを助けられる人がいるとしたら、それはアインシュタインなんだ！」

エルナも同じように声を落としていった。

「うわあ！　それじゃあ、おじいちゃまたちに知っているか、聞いてみるわね」

それからすぐに、エルナはその質問をすることができた。この日は、たいへんな思いをしたロレンツォのため夕食の時間が早められ、みんなはいっしょに食堂で長いテーブルを囲むことになった。エルナ、エルナの両親、祖父母、みなしごと思われている三人の子どもたち。とくに三人は、きちんとした食事を早くとる必要があるという話になったのだった。

　そこでふるまわれたのはアルトホフ一家の女性のコックがととのえた、お祝い用の食事だった。ふたりの召使が、牛のヒレ肉、チキン、マスや、たくさんの野菜、フルーツ、サラダをよそってくれる。デザートはチョコレートプディングだった。みんながおなかいっぱいになってから、エルナが質問をしたのはいいことだった。というのも、この質問をしたとたん、上機嫌だったみんなの雰囲気が、がらりと変わってしまったのだ。

　おじいさんのアルトホフ教授は眉を高くあげ、エルナをじっと見つめた。

「アルベルト・アインシュタインだって？　アインシュタインについて、どんなことを知っているのかね？」

「えっと、インペラトール号に乗ってニューヨークにきたの。あたしたちとおんなじよ」

「アルベルト・アインシュタインがわたしたちといっしょに船にのっていたんですって？　あのアインシュタインが？」

　母親は、そういって急に背筋をのばした。

「ええ、そうよ。アインシュタインさんは、ここに遊びにくることもあるの？」

　祖父母はエルナからそうたずねられて、目を合わせた。

「おじいさまは、ちょっと静かに葉巻をお吸いになりたいみたいですよ」

祖母が話を変えようとしたが、エルナはかんたんにはあきらめなかった。

「ちょっと知りたいだけなの。その人がここにくるかっていうことよ」

今度は祖父はきびしい顔つきになって、こういった。

「アルベルト・アインシュタインがニューヨークに滞在しているかということについて、わたしたちはまったく興味はない。さて、ちょっとすまないが、サロンにいってくるよ」

と、葉巻が一本入った胸ポケットを軽くたたいて、エルナの父親といっしょに食堂を出ていった。

食事が済んでいたので、三人はほっとした。そしてみんなで分厚いじゅうたんのしかれたエルナの部屋で背中をまるめてすわりこんだ。

「いったい、なんだったの？　エルナのおじいちゃん、急に不機嫌になっちゃったけど」

エミリーがいうと、マリクがいった。

「たぶん、アインシュタインが好きじゃないんじゃないかな」

するとロレンツォは首を横にふった。

「そうじゃないよ。ぼくたちが、アインシュタインがここにいるって知っていることが、いやだったみたいだね」

「ひょっとして、あのおじさん、スパイかなにかなの？」

マリクがひそひそいい、ロレンツォは大笑いした。

「なにいってるんだ」

エルナは考えこんでいるようだった。

「とにかく、船にのっていたことに、なにか秘密がありそうね。ほんとうだったら、ママーとパパーは重要人物には、ぜったい会うはずだもの」

「だけど、あの人、三等船室にいたよね。ヴィリーが見たことがあると話していたから。そっちのほうがよく仕事ができるっていっていたんだって」

エミリーが口をはさむと、ロレンツォがいった。

「お忍びで旅をしていたんじゃないかな。だから、だれにも知られちゃいけなかったんだ」

「そうね、あたし、とにかくママーに聞いてみる。ママーは、なにも秘密にしておけないの。前に、同じクラスのヴェルナーが好きだって打ち明けたことがあったんだけど、ママーはよりによってそれをいきなりヴェルナーのお母さんに話しちゃったのよ！」

エルナはまだ怒っているようにいい、とびあがると、ドアのほうに走っていった。

「待っててね。どうしておじいちゃまがあんなに機嫌が悪くなっちゃったのか、聞いてくるから」

ロレンツォは、どうかな、と思った。エルナの母親自身も、アインシュタインの名前を聞いて、とてもおどろいていた。きっとなにも知らないいんだ。

しかし、それは思いちがいだった。十五分後、エルナは子ども部屋に戻ってくると、母親から聞いてきたばかりの話をしてくれた。母親は、その話を義理の母親、つまりエルナのおばあさんから聞いたのだった……だれにも話しちゃだめよ、といわれながら。

「アインシュタインがここにいるって、だれにも知られちゃいけなかったの。大学は、アインシュタインをこっそり引き抜こうとしているんだって」

エルナがささやくようにいい、マリクとエミリーは不思議そうな顔をした。

「つまりね、ママーがいってたんだけど、おじいちゃまの大学は、アインシュタインにたくさんお金を払ったんですって。ちょうどものすごいことを研究しているところで、アインシュタインが働く大学もこれから世界的に有名になるんですって」

深刻そうに話すエルナに、エミリーはきいた。

「いったい、なんの研究をしているの?」

「それはわからないわ。でも、代わりに、どのホテルに泊まっているのかわかったの！　ママーはもちろん、家に泊まってくれないからって、がっかりしていたわ……そしてそのホテル・ネザーランドではストライキが行われているともいっていたの」

「ホテル・ネザーランド！……それ、ぼく、見たよ！　ぼく、見たとき、なんて大きなホテルなんだろうっていったよね」

マリクが大声をあげ、エルナはうなずいた。

「そうよ、セントラル・パークの角にあって、ここから遠くないわ。歩いていけるわよ」

ロレンツォはすぐにでも出発したいと思った。しかし、ひどくつかれていて、このままじゅうたんで眠ってしまいそうだった。

「明日、アインシュタインに会えるよ。ぜったいだ」

と、いいながらも、その目は天蓋付きベッドにどうしても向かってしまう。

ようやくマリクとならんでシルクのふとんの下にもぐりこむと、ロレンツォはほっとしてため息をついた。監房の固い床で寝た後では、ここは楽園のようだった。

「明日はアインシュタインにきっと会える」

もう一度そうつぶやいたと思うと、すぐに眠りに落ちた。

27

アインシュタインのカバンを追え！

つぎの日、エミリーたちは朝食後すぐに出かけようと思っていたが、計画通りにはいかなかった。エルナの両親がニューイングランド地方をまわる旅行に出発するため、エルナは家から出るのを許してもらえなかったのだ。みんながじりじりしながら待っていると、ようやくエルナの父親たちは車にのりこみ、うれしそうに手をふって出かけた。続いて祖父たちが昼寝をしようと部屋に下がると、やっとみんなはセントラル・パークを歩くことができた。

ホテル・ネザーランドに到着すると、入り口の立派なホールは人であふれかえっていった。なんとかカウンターまでたどりついたが、ずっと待っていても、だれも相手をしてくれない。

「Whom do you want to speak?（だれと話したいって？）アルベルト・アインシュタイン？ He isn't staying at the Netherland（このホテルには泊まっていないよ）」

案内係は、前の晩のエルナの祖父と同じくらい無愛想にいい、わずらわしいハエを追い払うように手をふった。

「もう一度、確かめてもらえませんか？ ひょっとすると、リストに書きもれがあるかもしれませんよね……いまはいつもよりもスタッフが少ないから。ストライキで……」

ロレンツォは英語で頼み、荷物を運ぶ係がいないと文句をいう人たちを指さした。

しかしカウンターの人は、さっきよりもさらに冷たくいった。

「Get out of the way, kids. And make sure you leave the place!（出ていけ、ここに戻ってくるな！）」

そしてみんながホテルを出ていくまで、じっとにらんでいた。

「まあ、なんていじわるなのかしら！」

五番街に戻ると、エルナがぶつぶついった。

「ほんとだよね。だけど、アインシュタインの名前をいったときは、とくにひどかった。本当はアインシュタインがここに泊まっているっていう、いちばんの証拠だよ」

ロレンツォはそういうと顔をしかめ、入り口をじっと見つめた。荷物係は、監房でいっしょだったヒンリッヒよりずっとこわそうで、もう一度みんながホテルに入ったら、すぐに追い出されそうだ。

「これからどうする？　また帰るの？」

マリクがきくと、エミリーはいった。

「ううん、そんなにかんたんにあきらめない。なんとか入りこめるかもしれないでしょう」

ロレンツォもうなずいた。

「そうだよ。それに、いいことを思いついたよ！」

そしてみんなを公園のはしのベンチまでつれていった。ホテル・ネザーランドがよく見える場所につくと、計画について話した。

「みんなで入り口を見張るんだ。それで、アインシュタインがホテルを出るときにつかまえて、ていねいに話しかけてみたらどうだろう」

エルナには、そのあいだに屋敷に戻ってヒンリッヒの荷物係の帽子をとってきてほしいと頼んだ。

「ずっと待ってもアインシュタインがこなかったら、おれが帽子をかぶって、スタッフのふりをしてみるよ」

ロレンツォは自信たっぷりににやりとしたが、エミリーは顔をしかめた。

「だけど、荷物係は、ロレンツォの顔を知っているでしょう」

エミリーにいわれるまでもなく、その点は考えてあった。こういう高級ホテルには必ずスタッフ用の裏口があるから、そこから入るつもりだった。ヒンリッヒの話では、一日中ずっとお客を待つ正面玄関は、夜は出入りできないのだ。

みんなはこの計画を試してみることにした。

三十分後、エルナがひさしのついた濃い青色の帽子をもって戻ってきたとき、アインシュタインはやはり姿を見せていなかった。そこでロレンツォは帽子をかぶると、しばらく待つことになるだろうけど、しっかり見張ってて、と頼み、ホテルに向かっていった。

建物を半周まわると、ゴミを入れる大きなコンテナが並ぶところにドアがあった。ロレンツォは少しためらった。さっきみんなの前では堂々と話したものの、いまは困りはてていた。ホテルには入れるかもしれないけど、それからどうする？　ホテル・ネザーランドは高層ビルみたいだ。それぞれの階でひとつひとつの部屋をまわり、ドアをノックするなんてできるだろうか？

このときドアが開いて、制服を着たスタッフが出てきた。ロレンツォはぐずぐず考えずに、いいチャンスだと、その人のわきを通って中にすべりこんだ。

とにかく大切なのは、中に入れたということ。どうすればいいかは、そのうち思いつくだろう。

両側に倉庫が並ぶせまい廊下を通って厨房についた。プラザ・ホテルの帽子をかぶっているせいで、まわりから何度もじろじろ視線を向けられる。しかし、とくになにも聞かれなかった。まわりにいたのは、今日はここ、明日はあそこと、あちこちのホテルで働いている、ストライキに参加しない人たちだったのかもしれなかった。だれにも邪魔されることなく、厨房からレストランに入った。そこでは上品な服を着た紳士たちが、コーヒーを飲んでいた。残念ながらアインシュタインは見当たらない。

きっと、わずらわしい思いをするのがいやで、自分の部屋で書き物をしているんだ。

ウェイターがひとり、なにか聞きたそうにこちらにやってきた。ロレンツォはさらに急いで歩き、スイング・ドアをぬけて入り口のホールに出た。注意しながら、フロントの辺りを見つめる。運よく、案内係の人はこちらを見ていなかった。ロレンツォはフロントから、ソファにすわって新聞を読んでいる人たちや、エレベータに目をやった。

そして息をのんだ。

あそこだ！

エレベータの前で待つ人たちの中に、アインシュタインがいた。遠くからでもはっきりわかる。黒いもじゃもじゃの頭、濃い眉毛、生き生きした眼差し。まちがいない。革製の書類カバンも持っていた。

はじめは、ロレンツォは身じろぎもできなかったが、そこからは、あっという間だった。ピンと音がしてエレベータがとまると、ドアが開いて何人も人が降りてきた。ロレンツォは走りはじめた。

上に上がってしまったら、どの階で降りたか、わからなくなるから、絶対に捕まえなくちゃ。

しかしエレベータのところにつく前に、待っていた人たちのひとりが、アインシュタインのわきを通って偶然のようにぶつかり、書類カバンをつかんだ。アインシュタインがぼう然としているうちに、その人はカバンを持って、出口に向かって走り出した。

ロレンツォも一瞬、立ち尽くした。

どうする？

エレベータに向かって走りかけたが、少しためらった後、カバンをとった男の人を追いかけた。目のはしに、アルベルト・アインシュタインががくぜんとしているのが見える。

ロレンツォは表玄関からとびだすと、あわててあちこち見まわした。

さっきの男はどこだ？　どこにもいない！

しかし五番街を数メートル走ったところで

馬車の馬が興奮してあばれていて、御者が文句をいっていた。あの男がすぐ前を横切ったのだろう。

歩いている人たちをかきわけ、ロレンツォは馬車に向かっていった。

「さっきの男の人！　泥棒なんだ。どっちにいきましたか？」

ドイツ語でいってしまい、あわてて英語でいいなおす。

「Did you see a man running? Where did he go? He is a thief!（走っていった人を見ましたか？　どこにいきましたか？　あの人、泥棒なんです）」

御者は鞭で五十九丁目のほうを指した。そのとき車の列の向こうに泥棒が姿を消すのが見えた。明るい色の髪の毛が光って見える。通りを歩く人はほとんど帽子をかぶっているが、泥棒はかぶっていない。

ホテルでアインシュタインの様子をうかがって待っていたから？　あの男はみんなが案内係に追いだされたとき、ソファで新聞を読んでいなかったっけ？　どっちにしても、見失うわけにはいかない。

ロレンツォはとまっている車の列に向かって走り、さらに左にまがって数メートル進み、右にまがって数メートル走った。ここで迷って立ち止まった。

男はダウンタウンに向かったのだろうか。それとも公園に入った？　あるいは地下鉄の駅？

ひょっとしたら仲間が運転する車にのったのかも。

エミリーたちに情報を伝えられればいいのに！　みんな、きっとすぐそばにいる。四人で探(さが)せればチャンスは大きくなる。スマホがあったらな。そうしたら、ずっとかんたんなのに。

28

エミリーたちの追跡

なにもしないで、ただ待っているというのは、ぞっとする時間だった。エミリーはだんだんいらいらしてきた。時間がゆっくり流れていき、一分が十五分のように感じる。八月の午後の陽射しの中、マリクとエルナと並んでベンチにすわりながら、エミリーは爪をかんでいた。ロレンツォはいったいどこにいるの？　ホテルに入れたのかな。今ごろ、アルベルト・アインシュタインとおしゃべりしているの？　それともまた捕まっちゃって困ってる？

いろいろな場面が頭をよぎる。インペラトール号のボイラー室の床で、腕をパイプに縛りつけられて、床にころがっていたロレンツォ……警察署で監房からつれてこられたときには、青ざめて汚れきってつかれていた……もう二度と家に帰れないのではと絶望して目に涙を浮かべたロレンツォ。いま、どうなっているか、まったくわからない。

でもそんな暗い想像に、急にじゃまが入った。マリクがわき腹をつついてきたのだ。

「見て、ロレンツォだ！」

「うん、走って、どこかにいっちゃったわ」

と、エルナもいった。

たしかにロレンツォが通りを走って、あばれる馬をなだめようとする御者のほうに向かっていた。ロレンツォの頭から大きすぎる帽子がとび、馬車の下にころがっていく。でも、それにもまったく気づいていないようだ。どんどん走っていき、つぎの瞬間、もう見えなくなった。

このとき、ひどく興奮した人たちが、ホテル・ネザーランドからあふれだしてきた。先頭にいるのは、あの案内係だった。ドアマンは両腕をふりまわし、みんな、大騒ぎで話している。続いて黒い巻き毛の男の人が階段のいちばん上に出てきた。

あれ、アルベルト・アインシュタインじゃない？

遠くから見ているだけでも、ひどくあわてているのがわかる。

いったい、ロレンツォは何をしたの？　計画がうまくいっていないのね！

マリクとエルナがおどろいてホテル・ネザーランドを見つめる。エミリーは辺りを見まわした。

ロレンツォはどこ？　公園にかくれているの？

あちこちの茂みをながめているうちに、はっとした。バラの垣根のかげに背の高い金髪の男の人が体を半分かくすようにして立っている。書類カバンをひざにはさんで上着を脱ぐと、すばやく裏返しにして、またそれを着た。そして上着のポケットから帽子を引っぱりだしてかぶると、書類カバンをわきに抱えて、ぶらぶら歩きはじめた。

「なんだか、へんね」

エミリーはつぶやいた。そしてこの瞬間、ホテルから大きく声が上がった。騒ぎがどんどん広がる。

「シーフ！」

と、みんなが叫んでいる。

シーフ……泥棒のことよね？

ほんの数秒だけためらったが、エミリーはエルナとマリクにささやいた。

「あの人たち、泥棒を探しているの。あたし、その泥棒、見た気がする」

「えっ、どこで？」

エルナが目を見開いた。

「いまは、いなくなっちゃったんだけど」エミリーはバラの垣根を指さした。「その人、書類カバンを持っていたんだけど、アインシュタインのカバンとそっくりだった。エルナ、ふたりで追いかけなくちゃ。マリクは、ここで待っていて、いい？　もしロレンツォが戻ってきたら、あたしたちがどこにいったか、伝えてもらわなくちゃいけないから」

「だけど、ぼくもいっしょにいきたいよ。ここでぼんやりすわっているなんて、やだ」

マリクが文句をいったが、エミリーは首を横にふった。

「さあ、急いで」

と、ベンチにすわるエルナをひっぱり、公園に入っていった。さっきの人はもう姿が見えなくなっている。バラの垣根に沿って走っていき、また辺りを見まわした。マリクはベンチでひざを引きよせて、こちらを見つめていた。ひどく小さく、心細そうだ。

ひとりで残してきてよかったのかな。

でも、いまはとにかくぐずぐず考えている場合ではなかった。

29

五人のファイン・プレー

ロレンツォが五番街の五十九丁目の角で困っていると、思わぬ救いの手が現れた……ヴィリーだ。どっちに走ろうかと迷っていたときに、五番街を走ってきたのだ。ロレンツォは勢いよく手をふって呼びかけた。

「ヴィリーー！」

「やっぱりね、公園で会えるってわかってたぜ。おいらぬきで、楽しむつもりだったのか、えー？　おいら、考えてたんだけどさ……」

ヴィリーは顔をかがやかせて話したが、ロレンツォはがまんできなくなって、口をはさんだ。

「ちょっと待った。ヴィリー、書類カバンを持った、背の高い金髪の男、見なかった？」

「おいらが？　いやあ、見なかったな。だれなの？」

ロレンツォは質問には答えず、話を続けた。

「一分くらい公園のわきをいったところにベンチがあって、そこでみんなが待っている。みんなに、アインシュタインが泥棒にあったって伝えてくれないかな。その書類カバンを持った泥棒は、たぶんまだ近くにいると思うんだ。みんなで探さなくちゃ。おれは地下鉄のほうにいってみるよ」

ロレンツォはそういうと泥棒の見かけをかんたんに説明して、急いで、とヴィリーに頼んだ。

「一時間後にまた、ベンチのところで会おう」

と声をかけたときには、ヴィリーはもう走り去っていた。

ロレンツォが地下鉄の階段を下りていったちょうどそのとき、地下鉄が大きな音をたてて駅を出ていった。

もし泥棒が電車にのっていたなら、追いつくのは無理だ。

そこでまた階段を上がって五番街に戻った。わき腹が痛くなってきたが、あてもなくダウンタウンに向かって広い通りを走りつづける。

まったく、この先、どうしたらいいんだろう。あの男がどこにいるか、ぜんぜんわからない。アインシュタインの書類カバンをどうするつもりなのだろう？　カバンにはきっと、有名な物理学者がこの数週間で書きためたものが入っている。一九一三年にはまだコピー機なんてないだろうから、仕事の成果はそこにしかないんだ。

そういえばインペラトール号の火事から逃げだしたとき、アインシュタインはカバンを両腕でしっかり抱きかかえていた。そのせいであの人は海に落ちてしまったんだ。大切な成果を盗むなんて、ひどい泥棒だ！

ロレンツォがいろいろ考えていると、パトカーがサイレンを鳴らしながらセントラル・パークにやってきた。

きっとホテル・ネザーランドに向かっているんだ。

ロレンツォは辺りを見まわした。北から二階建ての屋根のないバスが大きな音をたてて走ってきてわきを通りすぎていく……上の階にのっていたのはエミリーとマリク、ヴィリーだった！　三人のほうも同時にロレンツォを見つけた。ロレンツォはつまずきそうになりながら、みんなに手をふった。

「ロレンツォ！　ロレンツォ、泥棒は……」

マリクが大声でいう。エミリーがその口をふさぐのが見えた。バス停でバスがとまると、ロレンツォはけんめいに走っていった。

「Wait! Please, wait for me!（待って、待ってください）」

バスがまた走りだしかけたとき、なんとかバスに追いついたロレンツォは大きくジャンプして入り口に飛びのった。もう少しで、ちょうど車掌さんにお金を渡していたエルナの足を、思い切り踏んでしまうところだった。エルナはロレンツォに向かってにっこりしながら、いった。

「この子の分もいっしょに払います。Five tickets, please（切符を五枚お願いします）」

切符を五枚受けとると、エルナはロレンツォをいちばん奥の列までつれていった。ロレンツォのほうは息を切らしながら、木のいすにすわりこんだ。けんめいに走りすぎて、わき腹の痛みはなかなかおさまりそうにない。ロレンツォはきいた。

「いったい、どうしてここに?」

「しーっ、そんなに大きな声を出さないで」

エルナはそういうと、ホテル・ネザーランドの向かいのベンチでなにもわからずすわっていたときの出来事を、ささやき声で説明した。

「ロレンツォが走っていっちゃったとき、急に、たくさんの人がホテルの前に出てきて大騒ぎになったの。泥棒のせいでね」

ロレンツォはまたなにかたずねようとしたが、なにもいえないうちにエルナにひじでつつかれた。

「ほら、前のあそこ、あの人でしょ?」

ようやくロレンツォは、運転士のすぐ後ろにすわっている男に気づいた。帽子をかぶっているので金髪かどうかわからない。

それにジャケットの色もグレーじゃなかったっけ。この人が着ているのは黒だ……。

「どうだろう。なんだかぜんぜん別人みたいだな」

ロレンツォがいうと、エルナがひそひそいった。

「そうなの、着替えたのよ。だから目立ってたから、あたしたち、気づいたの」

エルナは泥棒から目をはなさず、エミリーが泥棒を見つけて、ふたりで追いかけたという話をした。

「それで？」

ロレンツォはドキドキしながらきいた。

「それで、マリクとヴィリーがやってきて、みんなで、あの男を追いかけたの。そうしたらあの人がバスにのったから、あたしたちものったのよ。おばあさまからいただいた二ドルがお財布に入っていてよかったわ」

エルナはほこらしそうにいった。

「うわあ、みんな、よくやったな！」

ロレンツォは心から感心した。

「みんなで上にあがって、ロレンツォが見つからないか見張っていたの。でも、もちろん、あの男の人が降りたら、それもわかったわよ」

そういったとたん、まさにそのとおりのことが起きた。帽子をかぶった背の高い金髪の男が立ちあがり、前のドアに向かった。アインシュタインの書類カバンもしっかり抱えている。バスがブレーキをかけると、ロレンツォとエルナも出口から降りて、バスが走り出そうとする寸前に、エミリー、マリク、ヴィリーも外にとび出した。

男は周囲を気にすることなく五番街をのんびり歩いていく。ごく普通の、散歩を楽しんでいる人のようだ。五人もできるだけ目立たないようにした。エミリーとエルナは腕を組み、男の人から数メートル後ろをついていき、何度も立ち止まってはショーウィンドウをのぞきこむ。三人の男子たちもその後ろを、てきとうな距離を保ちながら追いかける。

男がとつぜん十字路で立ち止まって振り返ったときには、エミリーはびっくりして心臓がとまりそうになった。泥棒はまっすぐエミリーの顔を見つめた。エミリーはエルナの腕につかまって、息をひそめ、その人のわきを通りすぎていった。ひじが、男の人が抱える書類カバンに軽くあたる。一瞬、カバンをむしりとって逃げだそうかという考えがよぎる。しかし、男はわき道に入っていき、チャンスはなくなってしまった。

「ふうっ！」

エミリーが大きく息をはいた。ちょうど男の人がまがった道に、三人の男子も入っていく。エルナとエミリーも向きを変えた。

男の歩みが速くなった。どこかをめざして歩いているようだ。とうとう小さい公園に入り、ベンチに腰を下ろした。運よくこちらに背中を向けてすわったので、五人が立ち止まって、じっと見ていることに気づいていない。

「今度はここで気持ちよく、ひなたぼっこかよ！」

ヴィリーは泥棒をにらんで怒ると、エルナがいった。

「ちがうわ、すごくピリピリしている感じよ。ほら、足をそわそわさせているでしょう」

「無理もないさ。たぶん世界最高のアイデアを盗んだばかりなんだから」

ロレンツォは、アインシュタインのおどろいた顔を思い出しながらいった。

「あの人は、それを自分で考えたっていうことにしたいのかな？」

マリクがいうと、エミリーは鼻にしわをよせていった。

「そんなこといっても、だれも信じるわけないわ」

そして声をひそめると、

「ほら、見て。立派な服を着た男の人がいるわ！」

と、先のとがったあごひげをはやし、ベストのついた三つぞろいのスーツに、山高帽をかぶり、銀色のステッキをついた人をエミリーはあごで指した。その人は公園に入ってきて、きょろきょろ見まわすと、とうとう泥棒がすわっているベンチに向かった。近くにあいているベンチがあるのに、同じベンチに並んで腰を下ろす。ふたりはあいさつもせず、偶然のように並んですわっている。書類カバンはふたりのあいだにあった。

「あの人、いかにも学者の先生っぽくない？」

と、エルナがいい、ロレンツォもうなずいた。

「あのふたり、お互いに知らないふりをしているな。だけど、ぜったい知り合いだ」

さらにロレンツォが話をしていると、マリクがみんなの後ろの茂みから、色とりどりのものを足でけりだした。

「ボールだよ！」

といって、かがみこんでいる。

ロレンツォは目を見開いた。マリクは本当に子どもっぽいな、と思ったのだが、このボールを見て、いいアイデアを思いついた。

大胆だけど、いい計画だぞ。ぼろぼろのボールが、見つかってちょうどよかった！

「いいかい。これだよ！　みんなでボールの投げっこをしよう。そしてうっかりベンチの奥に落ちるようにするんだ。おれはボールを追いかけていって、ボールをとるふりをしてカバンをとってくる」

「でも、ロレンツォはどうなるの？　金髪のおじさん、すごく強そうよ」

　エルナは心配した。

　このとき、急に動きがあった。とがったあごひげのおじさんが、目立たないように胸ポケットから封筒をとりだして、書類カバンのわきに置いたのだ。

「あの人、お金を渡している……急がなくちゃ」

　ロレンツォはつぶやいてマリクの手からボールをとると、ボールをけりながら公園の道を進んだ。

「ほら、とってみなよ！」

と、マリクに呼びかける。

「それ、ぼくのだよ！」

　マリクは怒って甲高い声を上げた。数秒後には五人みんなで公園を走り、ボールをとりあいはじめた。ロレンツォがベンチまで数メートルの場所まで近づいたとき、エミリーはボールを器用に奥に投げた。心臓がドキドキする。

　この計画、うまくいく？

「とってくる！」

ロレンツォはそういうと、つぎの瞬間、書類カバンをとって逃げだした。

エミリーは根がはえたように立ち尽くしてしまった。映画を見ているようだ。あごひげのおじさんが勢いよく立ちあがり、帽子が後ろにころがっていく。背の高い金髪の男は怒ってロレンツォを追いかけた。ヴィリーが大声を上げながら、泥棒の後を走る。ロレンツォは走る方向をまちがえ……垣根にまっすぐ向かってしまった。あと数秒で、金髪の男に追いつかれる。

エミリーは腕を高くあげ、なにも考えずに大声でいった。

「こっち、ロレンツォ、こっち！　カバンを投げて！」

金髪の男にいまにも追いつかれそうになったとき、ロレンツォは振り返った。お互いにはっとして顔を見合わせたが、ロレンツォは書類カバンを泥棒の頭越しにエミリーに向かって投げた。エミリーはそれを両腕で受け止めて、かけだした。

このとき悲鳴が上がった。

いまのはロレンツォ？

走りながら、エミリーは振り返った。しかし、ちがった。ロレンツォはまだ垣根のところに立っている。しかし金髪の男がたおれていた。草むらに腹ばいになって、エミリーを怒りのこもった目つきでじっとにらんでいる。そして年をとった男の人が、わけがわからないように両

手をエミリーのほうにのばしている。

　そこからエミリーは、ただ前だけを見て走りつづけた。アインシュタインのカバンを胸に抱え、必死に走る。そして公園を出て泥棒から逃げだし、たくさんの人がいる大通りに向かったのだった。

泥棒はつかまった

「エミリー、待って、エミリー！」

しばらくしてやっと、エミリーは自分が呼ばれているのに気づいた。五番街をずっと走ってきて、心臓が競走馬のようにバクバクして、耳鳴りまでしていた。カバンを体に押しつけるように持ったまま本屋の入り口で立ち止まり、辺りを見まわした。

いまのは悲鳴を上げていた泥棒？　わたしのこと追いかけてきたの？　ちがう、わたしの名前を知っているわけがない。

走ってきたのはロレンツォだった。後から、マリク、エルナにヴィリーもやってくる。四人はみんなにこにこしていた。

「長距離走で世界記録を出そうとしてる？　そんなに足が速いなんておどろいたよ」

ロレンツォはわき腹をおさえて、はげしく息をしていうと、エミリーもやはり苦しそうにこたえた。

「だって、泥棒がかんかんになって追いかけてくるんだから……」

「それが、追いかけてなかったんだよ」

ロレンツォはにっこりした。

「そうなの？　さっさとあきらめちゃったの？　それとも足でもくじいたの？」

こうして話しているうちに、ほかの三人もやってきた。エルナがうれしそうに、エミリーの肩をたたく。

「さっきのすごかったわね！　あんな風にカバンを受け止めちゃうなんて、本当にすごかったわ！」

ヴィリーはシャツに鼻血がたれて、上を向いた。

「で、おいらはなにしたって？　この、おいらがあの悪いやつを、たおしたんだぞ！　足を出して、ひっかけてやったんだ！　ほんとに、どえらかったよな？」

ヴィリーは手の甲で上くちびるについた血をぬぐった。

エルナが、ヴィリー、ロレンツォとマリクの背中をとんとんとたたき、ヴィリーは思わずむせてしまった。エミリーのほうは、まだ不安そうに、通りをそっと見ていた。泥棒がいつ現れるか心配だったのだ。

「大丈夫だよ、エミリー。心配しないでいいんだ。あいつは、もう追いかけてこないよ」

ロレンツォはヴィリーにハンカチを渡しながら、エミリーを落ちつかせようとした。

「いったい、なにがあったの？」

「あいつはヴィリーの足につまずいて、ものすごく怒って、ヴィリーのことを殴って地面にたおしたんだ」

「あいつ、おいらの上にのっかって、首をしめようとしたんだぜ！」

ヴィリーが自慢そうにいう。すると、エルナがその先を説明した。

「そうしたら、あのひげのおじさんが、泥棒に向かって、子どもを殴るよりも先にカバンを取り戻すんだって、どなったのよ。でも立ちあがろうとしたときに、保安官がやってきたの、ピストルを持って！」

「うまいときに、やってきたもんだ」

ヴィリーはハンカチで鼻をおさえながらいい、今度はマリクがいった。

「おまわりさんは、さけび声を聞いてやってきたんだよ。それで泥棒を捕まえたんだけど、泥棒は逃げようとしてあばれて、なにか英語でさけんでた」

ロレンツォはうなずいた。

「そうなんだ、ものすごく変わったなまりだったたな。警官はもちろんいろいろ聞いていたよ。それで泥棒を問いつめているあいだに、ひげがはえたおじいさんはそっと抜けだして、茂みを通ってどこかにいっちゃったんだ」

「それだけじゃなくて、お金の入った封筒もベンチからすばやくとって、ポケットにしまっていたのよ」

と、エルナもつけ加える。

「それからどうなったの？　みんな、警官に全部話したの？」

エミリーはびっくりして、ひとりひとりの顔を見ながらたずねた。すると、ロレンツォは笑い、肩をすくめた。

「まさか。話していたら、おれたち、きっとここにいないよ。おれたちも、そこからそっと逃げだしてきたんだ」

と、にやりとする。

エミリーは、どういうこと？　と見返した。するとロレンツォはため息をついた。

「警察にかかわりあいになるのは、とにかくできるだけ避けたかったんだ。エミリー、おれたち、まともに移住してきたわけじゃないだろう。書類がないんだから、いかにも訳ありだ。おれはまた警察署につれていかれて、下手すると、何日もとじこめられるなんて、もういやだったんだよ」

「そのとおりかもね」

「それで、ぼくたち、これからどうするの？」

マリクがきくと、エルナがこたえた。

「おじいちゃまのところにいったほうがいいわ。きっと助けてくれる」

しかしロレンツォとエミリーは首を横にふって口をそろえていった。

「だめ！」

「だめ？」

「まずはホテル・ネザーランドにいって、アインシュタインにカバンを返しましょう、いいわね？」

エミリーがロレンツォを見つめると、ロレンツォはうなずいた。

「そうだ。カバンを持っていったら、さすがに話をさせてくれるだろう」

ロレンツォはカウンターで冷たくされたことを思い出して、暗い顔つきになった。

「そろそろ、出発したほうがいいんじゃないかな？　もしかしたら、さっきの人、もうおまわりさんに許されて、外に出ているかもしれないし」

エルナは、ちょうど二階建てバスが走ってきた通りを指さした。

「あのバスにのろうよ。そうしたら、数分でホテルにつくから」

と、お財布をとりだす。

こうして今度は五人でバスの上の階にすわり、五番街を見下ろしていた。

「あの泥棒の姿は見えないわね」

エミリーはほっとした。くたくたで、一瞬、目がとじそうになる。緊張とつかれで、まぶたの裏がチカチカした。そしてようやく自分がまだ革の書類カバンをしっかり抱えたままだったことに気づいた。

ここに本当に、アインシュタインの世界的に有名なアイデアが書かれた書類が入っているの？　中を確認した方がいい？

金具の部分をそっと引っぱってみた。しかし開かなかった……きっと、それでよかったのだろう。

エミリーはなんだかふれてはいけない魔法の本を手にしているような気分になっていた。

31

カバンを返そう

ホテル・ネザーランドでは、泥棒騒ぎの興奮はおさまったようだった。アインシュタインも警官の姿もどこにも見えない。反対に、ホテルの従業員のストライキはまだ落ちついていないようだった。カウンターのところには、いらいらしたお客さんの行列ができている。中で働いているのは案内係だけで、ひとりでお客さんのめんどうを見なくてはいけないようだ。髪の毛が汗でびっしょりひたいにはりつき、ひどくストレスがたまっているようだった。とても近寄れる雰囲気ではない。

「また追い出されないといいね」

案内係の真っ赤な顔を見てマリクがいった。

「アインシュタインについてたずねたら、きっと爆弾みたいに爆発するぜ」

まるでその瞬間が待ちきれないかのようにヴィリーがいうと、ロレンツォがいった。

「あの人、たぶん話もさせてくれないよ。ここでアインシュタインを待ったほうがいい。そのうちやってくるさ。自分の部屋から出てくるか、外から帰ってくるか。さあ、向こうの奥の新聞が置いてあるテーブルですわっていよう」

ホテルが騒々しいのには、いいところもあった。小さなテーブルについた子どもたちを気にする人はだれもいない。五人はなんとなく新聞を顔の前に広げた。エミリーはひざでアインシュタインの書類カバンをはさみ、入り口のホールから目をはなさないようにしながら、ニューヨークタイムズのページをちらちらながめた。

ふと、ひとつの記事の見出しが目にとまった。

「Europe in Growing Danger of War!（ヨーロッパに戦争の危機！）」

あまり英語は得意ではなかったが、エミリーにも意味がはっきりわかった。ヨーロッパに戦争の危機が迫っているのだ。エミリーは、エルナとヴィリーを見つめた。広い座席で仲良くならんですわっている。

ふたりがいまアメリカにいて、本当によかった。ここにいれば戦争の被害を受けることはない。

エミリーはまた、すっかり不安な気分になってきた。

わたしが生まれたときには、ふたりはとっくにこの世にいなかったのよね？　だけど、過去、現在、未来は同時には存在しない！　時間はいつも同じ方向に流れているのではないの？

エミリーはため息をついた。

アルベルト・アインシュタインはこの疑問に答えてくれるかな？

エルナも明らかに時間について考えているようだった……しかしそれは、本当はとっくにおじいさんの家に帰っていなくちゃいけないのに、という問題だった。そしてカウンターの上にある時計を心配そうにながめて、こういった。

「おばあちゃまは、あたしがすぐに家に帰らないと、心臓発作を起こしちゃうと思うの。あたしのことを自分の目の玉みたいにかわいがるって、ママーに約束していたから」

マリクはくすくすわらった。

「目の玉だって？」

このときヴィリーが口をはさんだ。

「そいで、おいらは、二時間だけ、出かけてくるって約束してきたんだよ……きっとまた、こっぴどくなぐられるぜ。そうに決まってらあ。だけど、おいらはまだ帰らないよ」

と、後悔しているような、でも、とても頑固そうな顔でいう。しかしロレンツォはまじめにうなずいた。

「ふたりとも帰ったほうがいい。ここはまだ、あと数時間はかかるかもしれない。それに、ヴィリーは家も遠いだろう」

エルナは立ちあがり、ヴィリーもやっとそれにつづいて、つぶやいた。

「まあ、そうだよな。だけど、明日になったら、アインシュタインがどんな話をしたか、細かいとこまで、教えてくれよな」

「あったりまえだよ。アインシュタインがきたらね。ああ、おなかすいちゃったな」

マリクはそういって、カウンターにのった果物が入った大きなお皿をうっとりながめた。するとヴィリーも果物を見つけて、大声でいった。

「バナナだ！　いいなあ！　一回も食べたことないんだ」

そういうとヴィリーはぱっと走りだした。そしてだれにも気づかれないうちに、バナナを三本すばやくとると、また急いでみんなのところに戻ってきた。

「バナナ、食べたことないの？」

ヴィリーが皮ごと食べようとするのを見て、マリクはびっくりした。

「うちでは植民地の食べ物がよく出るわよ。パイナップルだって、食べたことがあるわ」

エルナが自慢するようにいい、自分の分のバナナもヴィリーが食べて、と気前よくいった。

ともかくエルナはおじいさんの家で、すぐにきちんとした食事ができるのだ。

ヴィリーのほうはきっと、夕食ももらえず、お仕置きにおなかがすいたまま寝かされるだろう。エルナは、ヴィリーのためにバスの代金も財布から出した。ふたりはいまは帰ることにして、明日の十一時にホテル・ネザーランドのはす向かいにあるベンチで五人でまた会おうといった。

エルナとヴィリーが名残惜しそうに帰っていくと、マリクはソファに静かにすわり、下くちびるをかんだ。

「ロレンツォ……ヴィリーをつれていけたらいいのにね」

どういうこと？　と見返されると、マリクは話を続けた。

「だって、お父さんになぐられるなんて、ひどすぎるよ！　でも、それがヴィリーの家族なんだもんね。ヴィリーはみんなのことが大好きなんだよね。お父さんのこともね。家族とはなれて、未来にいくなんて、いやだよね」

ロレンツォはソファで並んですわると、マリクを引き寄せた。

「そうだね、マリク、ヴィリーにとっては、自分の時代に残るのがきっといちばんいいんだよ。でも、とにかくおれたちはどうやったら戻れるか、帰る方法を見つけなくちゃ。だけど、もし……」

途中で話をとめると、ロレンツォは正面玄関を見つめた。

「あ、やっときたよ！」

三人はそろって勢いよく立ちあがった。口ひげをはやした小柄なおじさんが、通りから入ってくる。それは本当にあの有名な教授だった。

エミリーは両手で書類カバンを高くかかげて声をかけた。

「アインシュタインさん、アインシュタインさん！　こっちです。アインシュタインさんのカバンです！　泥棒から取り返したんです！」

とつぜん、がやがやしていたホールが静まり返った。みんなが、新聞コーナーにいる三人の子どもたちをじっと見つめる。興味しんしんの人もいれば、怒った顔をした人もいる。カウンターの向こうの案内係の人も、やはり怒っていた。しかし、玄関からはいってきたアインシュタインは目をかがやかせた。うれしさとおどろきが混ざったような表情をしている。

案内係がカウンターからとびだしてきた。けれども案内係がそばにくるより早く、アインシュタインがすでにエミリーの前にきていった。

「ありがたい、さっきの女の子だ！　三人でカバンを取り返してくれたんだね。どう礼をいったらいいか、わからないよ」

一瞬、エミリーはとまどった。その声は、聞き覚えのある、少し南ドイツのくせのある話しぶりだった。

やさしく書類カバンを受けとった、この茶色い目をした人に会ったことがある。だけど、いつ、どこで会ったんだっけ？

32

アインシュタインとの会話

見事なごちそうが目の前に並んでいる。エミリー、ロレンツォ、マリクは、アインシュタインのホテルの部屋のソファに並んですわっていた。ウェイターがソファテーブルに置いたトレイを見て、エミリーは思わずつばをのんだ。インペラトール号でエルナが持ってきてくれた食事と変わらないくらい豪華だ。

アルベルト・アインシュタインは三人の向かいで椅子にすわると、エミリーとマリクがかきこむようにして食べるのを、満足そうにながめていった。一方、ロレンツォは落ちついて食べている。

「こんなにささやかなお礼でいいのかね。もっともハンバーグをはさんだパンに、フライドポテトとケチャップというのは、なかなか用意がかんたんではなかったみたいだけどね。ホテル・ネザーランドのコックには難しい注文だったようだ。だが、がんばってくれたみたいだよ。おいしそうだね」

アインシュタインはトレイからハンバーガーをひとつとってかぶりついた。

「すごくおいしいです」

マリクが口をいっぱいにして、もぐもぐいう。

「まったく、きみたちには感謝しているんだよ。もし、あの原稿がなくなっていたら、じつに多くの時間が失われていた……」

アインシュタインはこういうと、今度はくすくす笑った。

「ああ、ばかげてる。時間はもちろん、なくなりっこない。ときどきわたしはせっかちになることがあるが、そんなわたしでさえ、時間をなくしたりはしない。傘とはちがうんだからね。だが、もう一度、最初から書くとなったら、ものすごく大変だったろう。あらためてまた書けるかどうかも、わからないしね」

「パソコンがあったらかんたんなのに。でも、まだ発明されてないのよね。スマホみたいに。スマホとかパソコンがあったら、どんなにめちゃくちゃでも……」

エミリーがいうと、アインシュタインは興味深そうにじっと見つめた。

しかしさらにエミリーが話を続けようとしたとき、ロレンツォが割ってはいった。ロレンツォはがまんできなくなっていた。

こんなに空腹じゃなかったら、イライラして一口も食べられなかった。何日も探していた有名な物理学者にやっと会えたのだから、ずっと考えていたことをしたい。ハンバーガーやフライドポテトを食べたり、コーラを飲んだりしたかったわけじゃないんだ……おれたちの体験したことについて話したい。未来と過去について、また自分たちの時代に戻ることについて。カバンを返したお礼にほしいのは、ただそれだけだ。

「アインシュタインさん、おれは……おれたちは……聞きたいことがあるんです」

ロレンツォはつかえながらいった。とつぜん、それまでの自信が吹きとんでしまった。

笑われたり、船にいた医者みたいに頭がおかしいと思われたら、どうしよう……。

アインシュタインはロレンツォにやさしくほほえんだ。

「話してごらん。いったい、なにを悩んでいるんだい？」

励ますような眼差しを見てふと感じた。

今回の出来事のすべてを、アインシュタインはわかっているのかもしれない。

ロレンツォはためらいながら、いった。

「助けてほしいんです、アインシュタインさん。こういうことなんです。おれたち三人、マリクとエミリーとおれは、未来からきたんです……二十一世紀から……」

アインシュタインはにっこりしたままロレンツォを興味深そうにやさしく見つめていたが、その言葉を聞いたとたん、顔にはおどろきが広がり、くりかえすようにいった。

「二十一世紀から？」

「そう、二〇一六年からです！」

マリクが大きな声で返事をした。

「二〇二〇年です」

と、エミリーもいう。

アインシュタインは三人の顔を代わる代わる見たが、なにもいわなかった。ロレンツォの背筋に汗が流れる。なんて暑い部屋なんだろう。

今度はずっと考えていたエミリーが話を続けた。

「へんな話に聞こえると思うんですが、わたしのこと、覚えていますか？　クイーン・メリー号で会ったんです。甲板のところで。そしてアインシュタインさんは、小さなロケットを打ち上げた。でも、それは一九一三年ではなくて、二〇二〇年だったんです。本当の話なんです！」

ここでエミリーも困ってしまって、話すのをやめた。

こんな話、きっと信じてもらえない。まともな人はだれだって、信じないに決まってる。

でもまたエミリーは話を続けた。

「アインシュタインさんが、なんていっていたか、覚えています。こういっていたんです。この世にはてしないものがふたつある。宇宙と人間のおろかさだって」

今度は、アインシュタインが眉間にしわをよせ、「おもしろい」と笑い、こういった。

「じつにいい言葉だ。それ以上、いい表現はないね」

「でも、いまのは、アインシュタインさんがいったんですよ」

エミリーがいうと、アインシュタインは鼻をかいた。

「ううむ。ひょっとすると、はじめから話を聞かせてもらうのがいいかもしれないね」

こうして三人は話をした。つぎつぎと、ためらったり、短くしたり、前後を逆にしたりしながら、自分たちの体験を語った。それぞれの誕生日の夜から始まり、一九一三年のインペラトール号での騒ぎまで、なにもかも話した。

アインシュタインは一度も口をはさまなかった。いすのへりにすわって興味深く聞いていた。火事の話になって、はじめのときはアインシュタインが海から引きあげられてもすでに命を落としていたとロレンツォが話すと、アインシュタインはいすからころげ落ちそうなほど大きく体を前にのりだした。

「わたしが死んでいた、だと？」

「はい、はじめのときは、通路から落ちちゃったんです。でも、最後には、みんなにうまく警告することができたんです」

ロレンツォがいうと、マリクが自慢するように顔をかがやかせた。

「だから、今、生きているでしょう？」

「どうやらそのようだ」

アインシュタインはまた笑った。しかし、子どもたちのことを笑っているわけではなかった。あっけにとられ、感心しているようでもあった。

「すると、きみたちは時間旅行をしたのか……しかも何度も……。信じがたい。じつに信じがたい。だが、とてもおもしろい」

暖房が効きすぎたホテルの部屋がしばらく静かになった。アインシュタインは窓辺にいき、窓を開けた。エミリーは大きく深呼吸した。外から、これまでとはまったくちがうざわめきと、いろいろなにおいが流れこんでくる。これまでというのはつまり……エミリーがいた百年後の世界のにおいだったが……エミリーはこめかみに両手をあてた。

だめ、こんなばかげた話、信じてもらえない。

アインシュタインは三人のほうを向くと、眉間にしわをよせた。

「そうだな、理論的には、時間旅行というのはありえないことではない。だが、実際に可能かというと、やはり無理だろう。その理由を説明しよう。だが、うるう年が関係しているということは……すると、いや……そうすると、そうか、もうおどろくしかないな」

アインシュタインはそういって、もじゃもじゃの髪の毛をかきむしった。

「おどろくような話だが、感動を忘れた者、おどろきを忘れた者は、死んでいるのと同じだ……大西洋から生きて吊りあげられたとしても、な。じつに壮大な物語だ！」

そういってくすくす笑う。すると、ロレンツォがぐったりしたようにいった。

「でも、本当の話なんです。まさに話した通りのことが起きたんです。この体験が終わるように助けていただけませんか？　お願いします！」

ロレンツォは必死に頼んだ。

「そうなんです。ぼくたち、家に帰りたいんです」

マリクがそういって、とつぜん泣きだした。

「ママたちは心配しすぎで、きっと具合が悪くなっちゃってるわ」

と、エミリーもささやくようにいいます。

アインシュタインは長い間、それぞれの顔を見つめた。真剣に考えこんでいるようだ。そして咳払いして、いった。

「そうだな、たしかにきみたちは実際にここにいる……ひょっとするとありえるのかもしれない……つまり、時間にゆがみができて……そうか……」

また、両手で髪をかきむしった。

「じつにすばらしい。二十一世紀がどんな世界か、だれにわかるだろう……きみたちは空間を越える乗り物のロケットにのってやってきたわけではない、ということだな。わたしの理解が正しければだが。まったくおどろくべきことだ。じつに有意義だ」

「話を信じてもらえるんですね？」

ロレンツォは心臓がドキドキしてきた。

「信じようとしている。頭はまだしっかりついてこないがね。だが、論理的な思考だけでは、経験的な世界を知ることはできない。知識の源になるものはただひとつ、経験だ」と、うなずく。「いまわたしが経験していることはまさに、未来について話す三人の子どもたちが前にすわっているということだ……その話は人類のあり方と同じくらい、とても現実味がある」

アインシュタインはそういって、書き物机のほうに向かっていき、鉛筆をとった。

「ちょっと考えさせてくれ」

机にかがみこむと、いくつかの式を書きはじめた。はじめはゆっくりだったが、どんどん勢いよく紙になにか走り書きしている。数分のことだったが、三人にはとてもはてしない時間に思え、じっとしていた。そしてアインシュタインがくるりと振り返った。

「いいかい、理論というものは、条件が単純なほど印象深いものになる。わたしが考える第一の条件は、百年という時を一瞬で越えるということが可能なようだという点だ」

「条件って、なんですか？」

エミリーがたずねた。

「論理的な結論をみちびきだすための前提や仮定だ」

アインシュタインはそう説明しながら、また書きものに集中した。

「さて、第二の条件として、時間のあらゆる方向に進むことが可能だとする。そうすると、ただし、まずは時空間の連続体を、通常ではない相対的な観点から見ないといけない」

言葉がよくわからないつぶやきになっていく。アインシュタインはいすを引いて書き物机に向かい、ものすごい速さで数字や式を書いていく。つぎつぎ紙がうまっていった。

ロレンツォ、エミリー、マリクは、すっかり見とれていた。つぶやきの中からなにか、「これでは無理だ」とか、「いやいや、残念だが」とか聞こえると、不安になった。そしてうれしそうな「おもしろいアイデアだ！」という声や、勝ち誇ったような「いいぞ！」という言葉が聞こえると、また希望が生まれた。

アインシュタインが最後のメモを破りとったとき、窓の外はすっかり暗くなっていた。三人はだまったままソファにすわり、目もぼんやりしてきた。アインシュタインはそれにもほとんど気づいていないようだ。急いで机の引き出しをかきまわし、紙がないとわかると、書類カバンから原稿を引っぱりだした。

「さあさあ。ひょっとすると、電気力学で動く体についてもまた考えなければいけないかもしれんな」と立ちあがり、部屋の白いカーペットにさらに書きはじめる。

マリクは話を聞くのをとっくにやめていた。エミリーの肩にもたれて、うとうとしている。最後のハンバーガーはまだ手に持ったままだ。エミリーとロレンツォの方は、意味はわからなかったが、物理学者の一言一言を聞きもらさないようにしていた。頭の中は、あちこちからとびこんでくるイメージで混乱していた。壁も式や数列でどんどんうまっていき、ますますわけがわからなくなる。

ここに書きなぐられたものがわかる人がいるの？　そんな人がいるなんて、ほとんど時間旅行と同じくらい信じられない。

永遠と思われる時が過ぎて、アインシュタインは三人が本当に存在するのか確かめるように振り返った。

「さて、ひょっとすると、千分の一秒のうちの一瞬だけでも……」

というのが聞こえた。アインシュタインの顔がぼんやりとしか見えなくなり、カーペットのあらゆる数字も灰色のもやに包まれたようだ。エミリーは、こめかみがにぶく痛くなり、耳鳴りがして、ホテルの部屋の暑さでぼうっとしてきた。

めまいがする。壁がぐるぐるまわり、どこからかアインシュタインの声がひびいてくる。

頭がすっかり軽くなって体が解き放たれたみたいだ。

最後に見えたのは、アルベルト・アインシュタインのやさしく賢そうな瞳だった。その瞳には宇宙の奇跡をとらえられた喜びがあふれているようだった。

3部　ふたたび大西洋

われわれが体験できるもっとも美しいものとは、神秘的なものだ。

アルベルト・アインシュタイン

33

帰還

「エミリー……エミリー！」

いまのは、だれ？　夜中にどうして起こすの？　うわっ、きっともう朝になっていて、すっかり寝坊しちゃったんだ。学校に行かなくちゃ……。

「さあ、いいかげんに目を開けるんだよ、誕生日だろう！」

パパの声?!　まちがいようがない。誕生日ということは、ここはハンブルクの家ではなく、クイーン・メリー号だ。時間も場所も忘(わす)れるくらい、ぐっすり寝(ね)ちゃうなんてこと、ある？　でも、できればもっと寝(ね)ていたい。頭がなにかに包まれているみたいにぼんやりしている。

「エミリー、いったい、どうした？　まるで死んだように眠(ねむ)ってるじゃないか。船医さんを呼(よ)んでこようか」

ようやく目を開くと、エミリーはベッドのはしに腰(こし)かけている父親を見上げて、ぎょっとしていった。

「船医さん？　やめて！　きっと頭がおかしいと思われて、とじこめられちゃうって、ロレンツォがいってたもん」

「いったい、なんの話だい？　熱に浮(う)かされているのかな」

父親はエミリーのひたいに手をあてた。エミリーは体を起こし、まわりを見まわした。

「インペラトール号の船室のほうがかわいらしいわね」

そういってから、父親の心配そうな目つきに気がついた。とつぜん、心からほっとする気持ちと、わけがわからない気持ちが一度にわきあがった。

「パパ、わたし、ものすごく変な体験をしたの。きっとパパには想像もできないようなこと」

と、つぶやいて父親に抱きついた。

父親はなだめるように、エミリーの背中(せなか)をなでた。

「そうだね。エミリーは甲板で立ったまま寝ていたんだよ。そしてちょうどひっくり返りそうになっていたとき、運よく甲板でおまえを見つけたんだ」

「男の人はいた？　アルベルト・アインシュタインだけど」

「アルベルト・アインシュタインだって？　いやあ……ちょっと、この船で子ども用のお酒といってなにが出されているのか確かめないといけないな。アルコールが入っていたにちがいない」

父親は苦々しく笑った。まだ心配しているようだ。

エミリーは首を横にふった。

「パパ、本当の話なの。本当よ！　アインシュタインがロケット花火に火をつけて、えっと、小さい花火だけど、それで……」

エミリーはつかえて、こめかみをさすった。とつぜん、すべてがまた急に生き生きとよみがえった。ここととはちがう船でさまよったこと……ロレンツォとマリクと会ったこと……エルナにヴィリー……火事……埠頭の警察……エリス島と親切なおばあさん……ロレンツォが心配で……公園に泥棒がいて……アインシュタインが壁にたくさん文字を書いた部屋が暑くて……たくさんの何千もの出来事なのに、すべてが一瞬の出来事のようだ。

「それで？」

父親がやさしく、心配そうにたずねた。

「それでわたし、急に一九一三年にいて、そこはもうクイーン・メリー号ではなくて、インペラトールだったの。インペラトール号よ、皇帝がそう名づけたんだって、ヴィリーがいっていて……」

一言話すごとに、エミリーは自信がなくなってきて、とうとう自分の指をぼんやり見つめてしまった。

いったい、わたし、なにを話してるんだろう？　なにもかも本当のわけがない。皇帝だって……皇帝がどんな関係があるっていうの？　皇帝なんて、ずっと前にいなくなったのに。

やさしく父親の声がひびいた。

「エミリー、夢をみていたんだね。ぐっすり眠っていたからね。船室にはこんできたときも、まったく気づかないくらいだったよ」

父親はそういって、ふとんのはしをつまんだ。

「さあ、そろそろ起きようか、寝ぼすけさん。冷たいシャワーをあびるといいよ。そうすれば、目が覚めるから」

父親は立ちあがったが、まだ少し心配そうにエミリーを見ている。エミリーは深呼吸して、いった。

「はい、パパ。わかった。夢だったんだよね。でも、ものすごく現実っぽかったの」

　父親がエミリーに手をのばすと、エミリーはベッドからとびおりた。

「さあ、おいで！　服を片づけておくよ。すっかり汚れていたから、クリーニングに出さないと。いったい、どうすれば、あんなに汚れるんだか教えてもらいたいくらいだよ。なんだか煙のにおいまでしみこんでいたよ」

　エミリーの素足が、床に置いてあった服に触れた。父親が夜のあいだに脱がせてくれたのだろう。服をもちあげると、エミリーはそのままなにもいえず、煤けた生地に鼻をうずめた。

　急にまた、すべてがよみがえってきた。蒸気船のにおい……はげしく燃えるボイラー室……自分をつかんだ煤まみれのボイラーマン……パイプにつながれたロレンツォ……煙がいっぱいになった通路に押しよせる人たち、マリクといっしょに走ったんだ……そう、全部、夢じゃない。そうだよね。

「パパ、あたし、本当にインペラトール号にのってたんだ」

　エミリーはつぶやいた。

　父親は、くしゃくしゃになったエミリーの髪をなでた。

「さあ、その話はもういいよ、エミリー、シャワーをあびなさい」

　少しいらだったような声でいうと、父親はエミリーの手から服をとり、さっさとドアのところまでいって振り返った。

「まだ、誕生日のプレゼントも見ていないんだよ、エミリー。ちゃんと目が覚めるまで、プレゼントもおあずけでいいのかな？」

やっとエミリーは、ソファの前の小さなテーブルに気がついた。中央にきれいに包まれたプレゼントがならび、十二本の小さなろうそくがのったチョコレートケーキもある。

「早く開けたい、パパ。すぐにシャワー浴びるね」

エミリーは元気よくいって、立ちあがってのびをした。体のあちこちが痛む。

船室でひとりになった。

やっとだ。まずはちょっとだけ休んで、頭をすっきりさせたい。いまはプレゼントのことも、ぜんぜん考えられない……。

こんなことはこれまでの誕生日にはなかった。それでもゆっくりテーブルに向かった。そこに見えたものに不思議と心がひかれる。色とりどりの包みから少し離れたところに、ほかとはちがったものが置いてある。それは本だった。紺色の布地でとじられた分厚い本で、かなり古めかしく見える。

買った後、パパは包装する時間がなかったのかな？　ぼろぼろで古本屋で買ったみたい。

いったい、なんの本だろう？

本を手にとると、表紙を開いてページをめくってみた。英語の小説で、ものすごく難しそうだ。ためらいながら本をとじると、タイトルを読んでみた。そしてエミリーは息をのんだ。

アインシュタインをすくえ！
時間と空間をこえた8日間
著者　ウィリアム・シューメイカー
ニューヨーク　一九四〇

アインシュタインをすくえ？　本を持ったままぼんやりベッドに戻ると、どさっとたおれこんだ。ドキドキしながら著者の紹介文に目を通す。ウィリアム・シューメイカー、一九〇四年、ベルリン生まれ、一九八四年ニューヨークで死去。一九一三年にドイツから移住……。

「これ、ヴィリーだ。ヴィリー・シューマッハーだ。英語風の名前に変えたんだ」

信じられないような気持ちで、エミリーは表紙をなでた。小さなヴィリーが、目の前にいるかのように感じられる。

「おいら、大人になったら、冒険小説を書きたいんだ。もう文字だって、読めるんだぜ！」と、

ヴィリーはひどいベルリンなまりでいっていた。ヴィリーは本当に作家になったのだ。

息もつけない気持ちで、小説の序文を読んでみた。そこには、この本の一部は実際に体験したことだと書いてあった。

「As a child when I was still open for the wonders of the world（まだ世界の奇跡を素直に信じられた子どもだったころ）」

ドキドキしながら、エミリーは物語を読みはじめた。英語の難しいところはあまりよくわからなかったが、物語の出だしはだいたいわかった。エミリーという名前の女の子が二〇二〇年二月、誕生日の直前に父親といっしょにクルーズ船にのっていて……とつぜん別の時代で目を覚ました女の子の物語に一行ごとに引き込まれていく。

ヴィリーの文章はなんて上手なんだろう！

読みながら、大西洋のどこかに男の子がふたり、大きい子と小さい子がいて、いまこの瞬間、ちょうど同じものを読んでいるのを感じた……そこはきっと二〇一六年。

そしてどこかに親切で少し風変わりな、あらゆる時代でもっとも頭がよく、この不思議な話も信じてくれた教授もいる。エルナもおじいちゃんたちといっしょに。

ニューヨークのホテルの部屋でカーペットに文字をいっぱい書きながら、アインシュタインはなんといってたっけ？

「過去、現在、未来のちがいは幻想にすぎない。たとえそれが、どんなに強い幻想だとしても……」

エミリーは両手に本を持ったまま、ぼんやりしていた。とまどっていた気持ちは消え、なにもかも頭で理解しようとするのはやめた。このしあわせなとき、エミリーは、みんなとつながっていた。アインシュタイン、ロレンツォ、マリク、エルナ、ヴィリーと。

訳者あとがき

若松　宣子

一九一三年の世界に現代からタイムスリップした少女、エミリーの大冒険の物語はいかがだったでしょうか？

エミリーは十二歳の誕生日のお祝いで、豪華客船クイーン・メリー二号に乗って、ドイツからアメリカに向けて旅をしています。そこで真夜中に甲板で風変わりなおじさんに出会い、気づいたときには一九一三年で、やはりドイツからアメリカに向かっていたインペラトール号に乗っていたのでした。しかも、そこに同じように現代からやってきた男の子たちがふたりいて、この船はもうすぐ火事になる、というのです。

エミリーは次々とトラブルに巻きこまれ、とうとう世界的に有名なアインシュタインの命や発明まで救うことになります。エミリーたちは仲間たちと協力して現代の世界に戻るため奮闘し、大きく変わっていく社会の目撃者にもなります。

このスリリングな物語には、実際に起きた出来事と作家の想像した出来事が混ざっています。エミリーが時間をこえてのったインペラトール号は、この年に就航したばかりの、当時、世界最大の客船でした。全長二百七十二メートル、幅三十メートルで、四千二百人もお客を乗せることができました。一等室には九百八人が宿泊できて、もっとも料金が安い四等船室には千七百七十二人分のベッドがあり、さらに乗組員が千二百人いて船を動かし、お客の世話をしていたのです。有名なタイタニック号の事故があったのは前年のことで、まだ人々の記憶にも新しく、このインペラトール号には様々な安全対策が施され、救命ボートも八十艘以上積んでいました。

エミリーたちはこの船で火事にあいますが、この火事も本当にあった出来事です。物語と同じように、一九一三年八月二十六日、ホーボーケンに到着した早朝、火事が発生したのです。

いまから百年以上昔の一九一三年という年はどのような年だったのでしょうか。物語の中にも大きな戦争の始まりを予感させる場面がありますが、この年の翌年の夏にはヨーロッパでは第一次世界大戦がはじまります。二十世紀初頭のヨーロッパはたいへん厳しい状況にあり、十九世紀からヴィリーたちのように大勢の人々がヨーロッパから大きな夢を抱いてアメリカに渡りました。凶作が続いたことや、革命などで社会が不安定になり、宗教や人種などの違いによって迫害が起きたことが原因にもなりました。インペラトール号のような大型客船ができて、一度に多くの人々が海を渡れるようになったこともこの動きを後押ししたのです。一九〇七年には百二十八万人を超える人々が移民としてアメリカに渡りました。

このあたりの状況は作品の中のヴィリーの家族たちが住む家の描写などからもわかります。こうした社会の中で、ユダヤ人に対する差別の動きも強まり、ホロコーストにつながっていきます。ロレンツォが船に乗ったユダヤ人やドイツ人に対して思いを語るのにはこうした背景があります。

ところが人々が押し寄せたアメリカの方でも、自由競争による資本主義の下、やはり階級格差の問題は大きくなっていて、労働者は長時間の労働や低賃金に苦しんでいました。その結果、あちこちでストライキが起きました。ロレンツォが巻き込まれたのは、そうした労働者たちの抵抗運動でした。二十一世紀になったいま、またヨーロッパでは新たに戦争が起きて、世界では移民の問題、格差の問題が起きています。作品の舞台は百年前ですが、いまの社会についても考えさせられます。

作品の中には、ヴィリーがアメリカではじめて会った黒人に対して差別的な言葉を使う場面もあります。迫害を受けていた側の者も、場所や状況が変われば、かんたんに迫害する側になってしまうことも示されているようです。実際、いまでは考えられないことですが、ヨーロッパでは「人間動物園」が人気があり、一八七〇年から動物園やサーカス、歳の市などで、本物らしいセットが作られて、人間が見世物にされました。ドイツでは一九〇〇年にこうした見世物のために植民地から人々をつれてくることは禁止されたのですが、一九四〇年まで非人道的なショーは続いたのです。またヴィリーは、アメリカ先住民のことを「インディアン」といっていますが、ヴィリー自身にはそうした差別意識はなく、むしろアメリカ西部を舞台にした物語で活躍する人物たちに憧れのような気持ちを抱いていたようです。

最後にアルベルト・アインシュタインですが、一八七九年、ドイツのウルムという小さな町で生まれました。物質、空間、時間の構造や重力の本質について研究し、人々の世界観を大きく変えました。一九一五年には「一般相対性理論」という有名な論文を発表しています。

　作品の中でエミリーたちが船でアインシュタインと一緒になるのは、その二年前の一九一三年ですが、実際にアインシュタインがアメリカにいったのは、一九二一年です。その後、一九三二年に三回目のアメリカ訪問をしますが、その翌年ドイツでナチスが政権をとると、ユダヤ系だったアインシュタインはアメリカに亡命します。作品の中ではアインシュタインのシンプルですが意味深い言葉がとても印象的です。

　この作品を初めて読んだとき、エミリーたちの冒険や生き生きとした二十世紀初頭を生きる人々の様子に、とてもわくわくしました。この作品のおもしろさが伝わるよう、いろいろ一緒に考えてくださった文溪堂の国頭昭子さん、山田理絵さん、ドイツの出版社との間で仲介をしてくださった日本ユニ・エージェンシーのみなさんには大変お世話になり、スカイエマさんには当時の様子が鮮やかに伝わってくる魅力的なイラストを描いていただけて、おかげで日本のみなさんにもこの作品を届けることができ、とてもうれしく思っています。みなさんにもぜひ、時間旅行を楽しんでいただけますように。

アインシュタインの言葉

p.10「想像力は知識よりも大切だ。知識には限界があるから」

「サタデー・イブニング・ポスト」　1929年10月26日

p.14「この世にはてしないものがふたつある。宇宙と人間のおろかさだ」

アインシュタインの言葉として有名だが、出典は知られていない。

p.124「われわれ、物理学を信じる者にとって、過去、現在、未来のちがいは、幻想にすぎない。たとえそれが、どんなに強い幻想だとしても」

1955年に友人が亡くなった際にお悔やみの手紙に記した言葉で、アインシュタインもこの手紙を書いてからまもなく亡くなっている。この引用はこの言葉がわかりやすくまとめられて、有名になったもの。

p.251「感動を忘れた者、おどろきを忘れた者は、死んでいるのと同じだ」

アルベルト・アインシュタイン　『わたしの世界観』　1934年

p.252「論理的な思考だけでは、経験的な世界を知ることはできない。知識の源になるものはただひとつ、経験だ」

アルベルト・アインシュタイン　『わたしの世界観』　1934年

p.252「理論というものは、条件が単純なほど印象深いものになる」

『アインシュタイン 哲学者、科学者として』P.A.シュリップ　1955年
※『自伝ノート』（東京図書、1978年刊）に一部掲載されている

p.256「われわれが体験できるもっとも美しいものとは、神秘的なものだ」

アルベルト・アインシュタイン　『わたしの世界観』　1934年

【作者】

コーネリア・フランツ（Cornelia Franz）

1956年、ドイツのハンブルクに生まれる。大学でドイツ文学、アメリカ文学を専攻し、たくさんの冒険的な旅をして、出版社で編集者として働いた後、1993年より作家活動を始める。児童書を中心に数多くの作品を発表しているが、大人向けの旅行ガイドや小説も書いている。邦訳は本書が初めての作品。

【訳者】

若松 宣子（わかまつ・のりこ）

中央大学文学部博士課程修了。白百合女子大学 非常勤講師、中央大学文学部 兼任講師。主にドイツ児童文学の翻訳に携わっている。訳書に『飛ぶ教室〈新訳〉』『あめふらし』（偕成社）、『口ひげが世界をすくう?!』『庭師の娘』（岩波書店）、「笑いを売った少年」「いたずらこびとプームックル」「バンビ」（『小学館世界J文学館』小学館）、『ヤマネのぼうやはねむれない!?』（ひさかたチャイルド）など多数。

【画家】

スカイエマ

東京都に生まれる。児童書をはじめとする書籍・雑誌などで、500冊以上の挿絵や装画を手がける。2015年に講談社出版文化賞・さしえ賞受賞。おもな作品に「シャーロック・ホームズ＆イレギュラーズ」シリーズ（文溪堂）、「ひかる！」シリーズ（そうえん社）、『光車よ、まわれ！』（ポプラ社）など。

装丁：福田あやはな

アインシュタインをすくえ！
～時間と空間をこえた８日間～

2024年　1月　初版第1刷発行

作　者　コーネリア・フランツ
訳　者　若松宣子
画　家　スカイエマ
発行者　水谷泰三
発　行　株式会社**文溪堂**
〒112-8635　東京都文京区大塚3-16-12
TEL：(03)5976-1515（営業）　(03)5976-1511（編集）
ぶんけいホームページ　https://www.bunkei.co.jp

印刷・製本　図書印刷株式会社

ISBN978-4-7999-0460-2 NDC943/271p/216 × 151mm